U0564237

大型工业纪录片

中央广播电视总台财经节目中心《强国基石》节目组　编著

电子工业出版社

Publishing House of Electronics Industry

北京·BEIJING

内 容 简 介

本书衔接中央电视台财经频道《强国基石》大型纪录片，立足当下，映照历史，远观未来，紧扣工业强国的发展目标，以鲜活的人物故事承载"中国工业发展历程"的宏大主题，以图文形式生动描绘了我国工业"从无到有，从弱到强"的发展之路，讲述了中国共产党领导的工业和信息化事业的奋斗史。

未经许可，不得以任何方式复制或抄袭本书之部分或全部内容。

版权所有，侵权必究。

图书在版编目（CIP）数据

强国基石 / 中央广播电视总台财经节目中心《强国基石》节目组编著 . —北京：电子工业出版社，2022.1

ISBN 978-7-121-39590-1

I. ①强… II. ①中… III. ①电视纪录片—解说词—中国—当代 IV. ① I235.2

中国版本图书馆CIP数据核字（2021）第215574号

责任编辑：徐 静 王 群
印　　刷：河北迅捷佳彩印刷有限公司
装　　订：河北迅捷佳彩印刷有限公司
出版发行：电子工业出版社
　　　　　北京市海淀区万寿路173信箱　　邮编：100036
开　　本：720×1000　1/16　印张：16　　字数：275 千字
版　　次：2022 年 1 月第 1 版
印　　次：2022 年 1 月第 1 次印刷
定　　价：218.00 元

凡所购买电子工业出版社图书有缺损问题，请向购买书店调换。若书店售缺，请与本社发行部联系，联系及邮购电话：(010) 88254888，88258888。

质量投诉请发邮件至 zlts@phei.com.cn，盗版侵权举报请发邮件至 dbqq@phei.com.cn。

本书咨询联系方式：910797032(QQ)，wangq@phei.com.cn。

《强国基石》纪录片演职人员名单

出品人	慎海雄　辛国斌
总策划	彭健明　田玉龙
总监制	梁建增　高东升
监　制	蔡　俊　陈红兵　王　伟　姜子琨　罗俊杰　李　勇
顾　问	周　济　高　屹　杨　青　屈贤明
制片人	李彬彬
总导演	李曼为
策　划	王瑞华　张红宇　汪　宏　李　毅　陈　丰
总撰稿	李彬彬　李曼为　皮　昊
导　演	颜莹莹　郑小木　杨　可　刘观宏　张扬洋　唐　红
统　筹	王　鹏　尤　勇　冯长辉　朱师君　乔　标　乔跃山　刘　多　宋志明 张　立　陈立东　陈克龙　金　鑫　郑　琳　赵志国　徐宝峰　徐朝锋 高延敏　黄利斌　梁志峰　隋　静　董　凯　程基伟　谢少锋　谢　存 谢远生　黎烈军　李国平　孟　华　刘雅馨
导演助理	郑伟荣　郝凤霞　郑昌达　李雨芯　金久涵　郑敬贤　吕　申
摄　像	孙明进　胡　光　陈联杰　沈　鹏　苗　壮　刘　通　高　兴
摄像助理	邱　卓　艾小龙　刘　帅　许普悦　韩博阳　张美华
剪辑指导	颜莹莹　于庆阳
剪　辑	于庆阳　孙俪轩　周坚德　郑敬贤　梁　荣　金久涵
解　说	李立宏

视觉创意	周冰倩
视效制作	齐洁坤　周　倩
节目调色	高 超
音频监制	高宝喜　汤君彦
音频统筹	刘健颖
声音编辑	穆博文　张　伟　李昊泽　崔　飚　张文锦　李泽毓
技　　术	贾晨晓　王启明　张丹昱　屈　扬　钱怀宇　马　萌　王佳钰　王中辰 安星宇　杨帆
新媒体推广	罗　敏　于小曼　李天路　孙　菁　王　洋　李亦阳　武　洋　田羽菲 刘丽珂　张艺菲　张静也　戴苑君　金陆雅　李泽平　张皞晗　任明哲
责　　编	张　超　姜　霞
节目统筹	李　慧　刘　蓉　张　飒　白　羽
制　　片	赵　雪　李晓宁　李秀敏
技术监制	薛小妹　李宏海
出　　品	中央广播电视总台 中华人民共和国工业和信息化部

《强国基石》图书编辑工作委员会

主　任	王传臣
执行主任	李彬彬　刘九如
编辑部成员	徐　静　李曼为　董亚峰　王　群　马文哲
	朱雨萌　秦　聪　杜　强

前 言

PREFACE

　　工业是国民经济的主导，实体经济是国民经济的根基，而制造业则是实体经济的主体，是立国之本、兴国之器、强国之基。工业强国是中国共产党矢志不渝的奋斗目标，打造具有国际竞争力的制造业，是我国提升综合国力、保障国家安全、建设世界强国的必由之路。

　　正值全党上下深入开展党史学习教育和庆祝中国共产党建党一百周年之际，为展示新中国成立后，特别是改革开放以来，新中国工业发展的伟大实践、伟大成就、伟大精神，再现在党的领导下我国工业现代化建设波澜壮阔的伟大征程，彰显当代中国综合实力的由来，工业和信息化部与中央电视台财经频道联合拍摄了一部大型工业题材纪录片《强国基石》。

　　《强国基石》纪录片分为《筑基》《自强》《奋起》《蝶变》《逐梦》五集，立足当下，映照历史，远观未来，紧扣工业强国的发展目标，以鲜活的人物故事承载"中国工业发展历程"的宏大主题，生动描绘了我国工业"从无到有，从弱到强"的发展之路。

《强国基石》摄制团队足迹遍及祖国 18 个省区市，行程 20 多万公里，全面梳理了国家工业发展的脉络。从解放前党领导发展工业，支持根据地建设，支援革命战争开始，一代代工业人推动中国工业实现从跟跑到并跑的巨变；到如今，面向国家要在 2035 年基本实现新型工业化、信息化、城镇化、农业现代化的远景目标，中国工业行进在逐梦的路上。

考虑到画面语言和视频载体的局限性，我们决定基于纪录片的主要内容进行扩充，编撰《强国基石》图书。于是中央电视总台财经节目中心对接中国工信出版集团，由电子工业出版社编辑团队配合《强国基石》节目组团队，联络专家进行潜心研究和脚本修改，并联系企业家进行专访，按照图书的编写体例，进行系统的梳理、设计、编辑和审校，最终我们得以将这本《强国基石》书呈现给广大读者。

习近平总书记指出，"制造业是实体经济的重要基础，一定要把我国制造业搞上去，把实体经济搞上去，扎扎实实实现'两个一百年'的奋斗目标"。中国制造起步于一穷二白，筚路蓝缕、从小到大，建立了门类齐全的现代工业体系，规模跃居世界第一，支撑我国实现了从贫穷落后的农业国到现代化工业国、再到具有全球影响力的经济大国的转变。我们相信，《强国基石》一书的出版，将在纪录片播出之后掀起新的热潮，一定会受到关心中国工业的广大读者和推动建设制造强国的广大工作者的喜爱。

编著者

2021 年 11 月

目　录

CATALOGUE

第一篇　筑基　　　　　　　　　　　　　　**1**

第一节　中国工业化的基石　　　　　　　　4

第二节　中国现代工业的基础　　　　　　　9

第三节　中国工业发展的动力　　　　　　　28

第二篇　自强　　　　　　　　　　　　　　**41**

第一节　中国核工业的起步　　　　　　　　44

第二节　中国工业的积累与传承　　　　　　49

第三节　中国工业的追赶与艰辛　　　　　　61

第四节　中国工业从跟跑到并跑　　　　　　73

第三篇　奋起　　　　　　　　　　　　**85**

第一节　中国人民穿衣不愁　　　　　　89

第二节　中国汽车走向世界　　　　　　96

第三节　中国工业破浪前行　　　　　　105

第四篇　蝶变　　　　　　　　　　　　**121**

第一节　中国工业高质量发展　　　　　124

第二节　关键产业链日益完善　　　　　140

第三节　新兴产业发生新变革　　　　　148

第五篇　逐梦　　　　　　　　　　　　**161**

第一节　产业生态的重构　　　　　　　163

第二节　科技创新的力量　　　　　　　170

第三节　战略性新兴产业的基石　　　　186

第四节　工业实力的持续提升　　　　　193

第六篇　展望　　　　　　　　　　　　　　　**201**

中国智造，与世界共赢　　　　　　　　　　202
——专访徐工集团工程机械股份有限公司董事长、党委书记　王民

创新引领，让全球共享美好科技未来　　　　209
——专访小米集团董事长、CEO　雷军

创新求"变"　勇做行业领先者　　　　　　213
——专访特变电工股份有限公司党委书记、董事长　张新

固强国之基　铸大国重器　　　　　　　　　220
——专访中国一重集团有限公司董事长、党委书记　刘明忠

传承红色基因，就是要担当国之重器责任　　225
——专访中信重工机械股份有限公司党委书记、董事长　俞章法

奋进新时代　启航新征程　　　　　　　　　231
——专访内蒙古北方重工业集团有限公司党委书记、董事长　李军

"一铝"扬帆　破浪前行　　　　　　　　　236
——专访东北轻合金有限责任公司党委书记、董事长　王学书

从被服厂到印刷厂，中国共产党领导的工业建设是从军需和军工生产开始的。

人才公寓

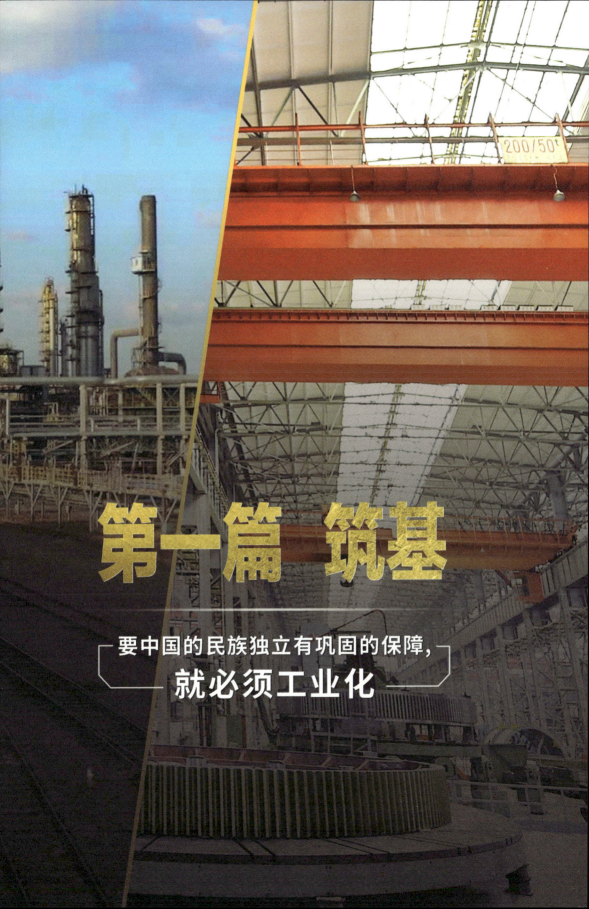

第一篇 筑基

要中国的民族独立有巩固的保障，
就必须工业化

"当年兵工厂当学徒，我们打铁响叮当，炉火熊熊造刀枪，全厂工人齐努力……"百岁老人徐盛久唱的这支山歌，讲述的是90年前官田兵工厂的情景，他是当年的亲历者和见证者。

徐盛久

原官田兵工厂利铁科学徒工

◎ 官田兵工厂——中国共产党创建的第一个具有一定规模的兵工厂

◎　官田兵工厂场景图

那时是 1931 年，这个兵工厂不但能修理枪炮，还能制造步枪、子弹，尤其自行研制的马尾弹是红军当时仅有的"重武器"，它们有力地支持了红军的反围剿斗争。

"

从被服厂到印刷厂，中国共产党领导的工业建设是从军需和军工生产开始的。要中国的民族独立有巩固的保障，就必须工业化。通过工业化，改变中国落后的面貌。

"

第一节
中国工业化的基石

【盐——边区的命脉 中央第一财政】

◎ 盐湖群——曾经是陕甘边革命根据地于 1934 年建立的盐场

王世强祖辈三代都是盐湖附近的农民，他的爷爷当年就曾帮八路军 359 旅打过盐。

"当时来的是 359 旅，就在我们这一块儿打盐，住那个窑洞，前面挖个井，就在那做吃的，水还相当咸，就那么艰苦。" 王世强这样描述当年的情景。

1940 年，为了缓解边区经济压力，八路军 359 旅 4 支队伍的 2000 多人进驻定边，开凿出 175 孔土窑洞。他们铺草为床，垒土为灶，没日没夜地打盐。

仅 1941 年，定边盐场的产盐量就超过了 70 万驮，为边区换回了药品、钢铁、纸张等大量急需物资。它曾被誉为"边区的命脉、中央第一财政"。

刘煜：
延安革命纪念馆研究员

盐就是我们控制的一个大宗商品、拳头产品，用今天的话来讲就叫战略物资，换取我们必要的东西，就靠盐打开。

◎ 土窑洞

◎ 打盐场景

【工厂——中国共产党发展工业播下的一粒种子】

　　1941年，党中央在陕甘宁边区提出了"自己动手，丰衣足食"的号召，整个边区开始了轰轰烈烈的大生产运动。

　　兴华皮革厂是当时成立最早的制革、制皮件和制鞋的工厂，最初只有3台老式的缝纫机，后来发展成有200多人的皮革工厂。

这里生产的皮革被源源不断地送到抗日前线，同时满足了边区百姓的生活所需。皮革牌子取名"金鸡牌"，寓意"东方破晓"。

◎ 老式缝纫机

◎ 窑洞——曾经的兴华皮革厂

到 1946 年年初，陕甘宁边区各种工厂的数量已达到了 80 多家，它们不仅改善了边区百姓的物质生活，也加快了陕北地区社会变迁的速度。这是中国共产党发展工业播下的一粒种子，是种子总会发芽。

◎　陕甘宁边区的各种工厂（纺织厂、制药厂、玻璃厂、炼铁厂、修械厂、难民纺织厂）资料图

> **"**
> 　　在峥嵘的革命岁月里，中国共产党就开始积聚工业化的力量，夯筑中国工业化的基石。**"**

第二节
中国现代工业的基础

【钢铁——四十里钢都】

◎　鞍钢——新中国成立前夕恢复生产的第一座大型钢铁厂

　　"四十里钢都，在很多条路上，都能望见那些高炉群，总有人，总是望。"田力是鞍山钢铁集团有限公司（简称"鞍钢"）的退休工人，喜欢用诗歌描绘这些高炉群，他的爷爷是鞍钢的第一批建设者。

　　在田力的诗歌中，"钢花，有时候要比急促的雨滴更密集。我知道，映红天空一角的不仅仅是太阳"。对钢花的赞美，源于中国人长久以来对钢铁的渴望。

◎　钢花

◎ 炼钢场景

　　鞍钢现在是一座工业化和信息化相融合的现代化钢城，而我们很难想象，当年因为战争的摧毁，它曾只是一片废墟。

　　1948 年 11 月 2 日，东北全境解放，仅过了一个多月，党中央就做出了迅速恢复鞍钢生产的重要决定。一位外国专家曾断言："要恢复鞍钢，至少需要 20 年的时间，现在你们一无所有，谈何容易，这里只能种高粱。"

但越是困难越能激发中国人的斗志。工人和技术人员被重新召集回到鞍钢，当地的老百姓也踊跃献交了 20 多万件设备及零部件。就这样，在不到 5 个月的时间里，鞍钢就生产出了第一炉钢水，此时距离新中国成立还有半年的时间。

◎　工人和技术人员操作场景

◎ 第一炉钢水

　　对于当年的情景， 鞍钢离休职工李昌言回忆："为鞍钢炼好铁炼好钢，咱们没有别的想法，一心就是干，干字当头。"

　　1953 年，中国开始实施第一个五年计划（简称"一五"计划），构建中国工业化的基础。"八号高炉"就是在"一五"时期建设的一座自动化高炉。

◎　八号高炉

　　在"一五"计划的 156 个重点建设项目里，第一个就是鞍钢，当年全国各地有 7 万人来到这里，张毅哲就是其中的一员。

　　在轨梁分厂设备作业区，张毅哲工作的车间是当年生产新中国第一根 12.5 米重轨的地方。张毅哲在受访时表态："特别震撼，因为在那种情况下我们都能轧出第一根钢轨，我是'90 后'，我们肯定会继续努力。"

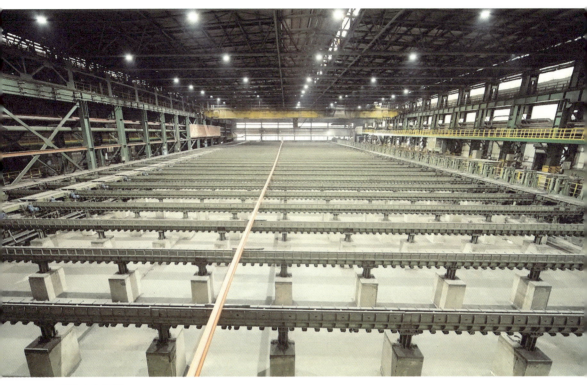

◎　重轨生产场景

　　如今，厂房里正在为全球时速最高的高速铁路生产重轨，每根重轨有 100 多米长，生产工艺达到了世界领先水平，这都源于当年打下的基础。

　　在"一五"计划结束时，鞍钢的年产钢量就达到了 290 多万吨，相当于新中国成立初期全国钢产量的近 20 倍。

那时，有了钢，我们才铺就了新中国第一条铁路，自行制造了第一架飞机，生产出第一辆解放牌汽车，架起第一座长江大桥。

现在，鞍钢已建成了"绿色海上钢铁城"。攻坚克难，中国钢铁正在向更高质量、更全种类发展。

◎　1952 年，新中国第一条铁路成渝铁路通车

◎　1954 年，新中国第一架飞机

◎　1956 年，新中国第一辆汽车

◎　1957 年，新中国第一座长江大桥

如今的中国不仅是世界第一钢铁生产大国，也是第一消费大国。这条钢铁之路折射出中国的工业化选择。在一穷二白的条件下，建立独立完整的大国工业体系，体现了中国共产党带领中华民族实现伟大复兴的智慧和决心。

李新玲：
鞍钢股份中厚板事业部
首席工程师

我觉得中国人其实还是很有信念的，就是战胜困难，这些精神在潜移默化地影响着每个人。

◎ 中国唯一一条 5.5 米宽的中厚板生产线

【农业机械——第一台拖拉机"东方红"】

　　今年90岁的周守瑜出生在上海，而洛阳是他离不开的"故乡"。1955年大学一毕业，周守瑜和其他同学服从国家分配来到了洛阳。周守瑜回忆当年的场景："来的时候呢，一共有六个同学，有的在矿山厂，有的在轴承厂，我是在拖拉机厂。厂门口就是一条泥路，（当时）这个地方全部都是没有的。"

　　在洛阳建设路上，7家在"一五"时期布局的大型工厂一字排开，洛阳第一拖拉机制造厂就是其中的一家。在这里，有中国第一条拖拉机生产线。

◎　洛阳第一拖拉机制造厂

在新中国成立之初，要保证五亿多人能够吃饱饭，就必须改变人作牛耕的农业生产方式。可那时中国还没有能力生产农业机械。中央政府"硬挤"出 4 亿多元，从国外进口了 2.8 万台拖拉机，但这对中国 80 多万个村庄来说，无疑是杯水车薪。

1954 年，中国第一家大型拖拉机厂开始在洛阳兴建。

1957 年年底，在厂房建好时，设备没能如期从苏联运来，可他们必须要在一年后生产出第一台拖拉机。为赶工期，在长达半年多的时间里，所有工人每天吃住在厂房里。

"一干就是一个礼拜，就是吃在厂里、住在厂里，就不回来。反正是，你说苦吧，也是苦，但是也不感到啥，光感到高兴了。" 中国一拖集团有限公司（简称"中国一拖集团"）退休职工杨承中这样回忆当年的情形和心情。

◎　第一台拖拉机——"东方红"资料图

◎　第一台拖拉机——"东方红"

在那段"没有专门设备，但有万能工人"的艰苦岁月里，第一拖拉机制造厂的工人们，终于迎来了中国自己制造的第一台拖拉机。那天是 1958 年 7 月 20 日，一起诞生的，还有它响亮的名字——东方红！

从那一天起，"东方红"拖拉机耕耘着广袤的田野，在国家实行计划经济体制的 20 多年时间里，它们完成了全国 70% 的耕作任务。

如今，在中国一拖集团，中国最先进的大马力轮式拖拉机每两分半钟就能下线一台，每天可生产两百多台。中国用全球不到 9% 的耕地，养活了世界近 20% 的人口，这背后离不开工业化提供的强大支撑。

周守瑜：
中国一拖集团第一批建设者

天翻地覆了，现在技术水平也提高了，自己也能够设计了。我今年 90 岁了，感到没有白活。

◎　中国最先进的大马力轮式拖拉机

【工业机械——世界级重型装备制造的高端平台】

"19 岁，（我）接班进厂，在这工作 26 年了。我父亲就说，要是搁到现在他不如我，要搁到以前我真不如他。"田海见是洛阳中信重工机械股份有限公司的装配能手，他所在的企业生产各种重型装备。过去这里叫洛阳矿山机器厂，也是"一五"时期 156 个项目之一。

在企业最早的一个装配车间里，一台提升机的主轴正在装配。在 60 多年前，焦裕禄曾在这里工作过 9 年，并担任车间主任。当时的工人排除万难，制造完成了中国第一台直径 2.5 米双筒提升机。

◎ 提升机主轴装配场景

提升机是一种大型的矿山机械，在新中国成立之初，因为缺少开采设备，煤的年产量仅有3243万吨，而煤炭在国家能源结构中占比95%以上，所以我们必须拥有大型的矿山机械。

徐魁礼曾是一位华侨，在抗美援朝时期，一家人从朝鲜回到中国。而后在1956年的秋天，徐魁礼来到了洛阳。

徐魁礼：
原洛阳矿山机器厂第一批建设者

不努力建不成强大的祖国。
时代，我觉得（是）时代召唤。

◎　第一批建设者合照

如今的一金工车间还原了第一批建设者曾经工作过的地方。

◎ 一金工车间

当年，为了攻克技术难题，工人们夜以继日地守在机床旁，熟悉机器产品的上千个零件。为了尽快完成第一台提升机，工人们甚至一起写下决心书。"我们写了决心书，表达自己坚决完成这个任务（的决心）。克服了好多困难，想起来也挺艰巨的，（都）是经过实际行动干出来的。"徐魁礼回忆道。

同心同德，团结合作，当年只用了3个月，就完成了第一台直径2.5米双筒提升机的生产任务。这台机器整整工作了49年才退役，也成为中国工业史上的一个奇迹。

在新的厂房里，18500吨自由锻造油压机正在锻造400吨的大型锻件，锻件正负误差不超过2毫米。老车间主任的梦想变成了现实，如今，这里已成为世界级重型装备制造的高端平台。

◎　18500吨自由锻造油压机

【玻璃——从平板玻璃到浮法玻璃的突破】

在 1957 年年底"一五"计划完成时，洛阳建设的工厂有 26 个。洛阳玻璃厂是"一五"时期在洛阳布局的玻璃生产企业。

◎ 玻璃生产场景

1949 年，中国平板玻璃的年产量仅占世界总量的 1.7%，发展玻璃工业迫在眉睫。

从最普通的平板玻璃生产，到中国第一条浮法玻璃工艺生产线，中国成为世界上第三个独立自主掌握浮法玻璃工艺技术的国家。

历经一次又一次技术变革，洛玻集团洛阳龙海电子玻璃有限公司（原洛阳玻璃厂）已经可以生产厚度只有 0.12 毫米的超薄玻璃，他们生产的玻璃已经广泛应用在光伏发电、智能显示设备等领域。

"

勇于求变，与时俱进，在"一五"时期打下基础的企业焕发着新的青春。

从百废待兴到初具规模，中国打下了现代工业的基础，中国共产党强国富民的理想和意志沿着工业化蓝图不断延伸。

"

第三节
中国工业发展的动力

【石油——工业血液】

◎ 搬家队的工作情景

早上六点钟，20 多辆卡车前往 100 多千米外的井场，这是为大庆油田钻井队搬运物资的搬家队的工作情景。中国石油大庆钻探运输一公司驾驶员张斌在受访时说："哪儿有油田，大庆打到哪儿，我们搬家队就走到哪儿。"

中国石油大庆油田 1202 钻井队是首支年钻井 10 万米的钻井队，曾被命名为"永不卷刃的尖刀"。

赵建伟是这支队伍的副队长。"我用了 10 年的努力，来到标杆队（12）02 队。2008 年退伍分配到钻井队，那个时候就知道（12）02 队。"

在受访当日，赵建伟他们即将开打一口新井，开钻日期定在两天之后。

◎ 新井

◎　四万余人齐赴松辽平原资料图

当年，正是在这片土地上，打响了那场战天斗地为祖国献石油的大会战。

1960年，四万多名解放军官兵、石油职工、科研人员从全国各地来到松辽平原。在新中国成立时，全国石油年产量仅为12万吨，没有石油，我们的飞机、坦克、大炮还不如一根烧火棍。一场石油大会战就此拉开序幕。

当年，于崇学和几百名工友坐了5天的火车，从甘肃玉门来到大庆，同来的还有后来被誉为"铁人"的王进喜。回忆起当年的情景，于崇学说："当时我们这些人就是干活，（想的）就是怎么样把油早早拿出来。就跟部队要打冲锋一样，你明明知道子弹往你身上打，你敢不冲锋吗！"

　　同为中国石油大庆油田的退休职工，张启华回忆："到了这个队以后，除了二十多个东北的小伙子，都是来自南方各地的老师傅，说着各地的方言，不仔细听根本听不懂，但是他们的执着信念都是'心往一处想，劲往一处使'。"

　　就这样，一群铁骨铮铮的中国人，在东北的冰天雪地里，硬是用肩膀将60多吨重的钻机矗立在了松辽平原，用双手端出了50多吨的钻井用水，"宁肯少活二十年，拼命也要拿下大油田"的"铁人"精神从此响彻全国。

　　1960年6月1日上午8点45分，第一列载有600吨原油的列车从萨尔图火车站始发。由此，国家急需的"工业血液"开始从这里源源不断地运出。

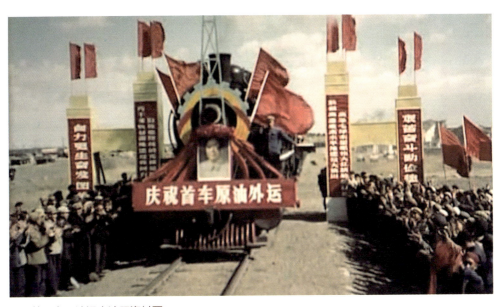

◎　第一车原油运出油田资料图

"老一辈（在）那么艰苦的条件下，都能取得那么多成绩，我们就更得发愤努力。"中国石油大庆油田1202钻井队队长李文亮这样说。

当年，在石油会战结束时，大庆油田已打井1178口，生产原油439.3万吨。如今，数万名石油工人依然在松辽平原6000多平方千米的油田里奋战，不知疲倦、不舍昼夜。曾经的荒原"长出"了世界著名的石油和化工城——大庆石化，每天都有满载汽柴油的列车从大庆出发，驶往全国各地。

◎　大庆石化

1962 年，针对大庆油田的发现，国家专门建设了一座炼油厂。当年，大庆开发出的石油被比喻为"金灿灿的稻谷"，但要做成"香喷喷的米饭"，还需要更先进的石油炼化技术。

1965 年，中国研发了五项新的工艺技术，被称为石油炼化工业的"五朵金花"，其中最重要的就是流化催化裂化技术，它可以把大庆原油中的重质蜡油转化为质量比较高的汽柴油，解了当时的燃眉之急。

东北松辽平原上珍藏着中国人的一段记忆，留下了几代人的芳华。他们，是中国工业的拓荒者。

关绍明：

大庆石化总厂原党委书记

这五套生产装置，赶上了（当时）世界的先进水平。整个一期二期工程，全部是我们自己制造、自己建设的。

"

能源是基础，更是保障。中国的能源生产总量在新中国成立后增长了 158 倍，为经济增长、民生幸福，注入了源源不断的动力。

"

【水电工程——工业推动力】

千岛湖是世界上拥有最多岛屿的湖泊。湖海穿行，水面之上有 1078 个翠岛。其实，这是一片因修建水电站拦蓄而形成的岛屿奇观。

汪代新是新安江水电站的建设者。"十八九岁到新安江做大坝。这么多年（过去）了，我今年都 83 岁了。"在汪代新的童年记忆里，家家户户晚上点的都是蜡烛和煤油灯。

2021 年 4 月 22 日，汪代新让儿子一定带他去看看新安江水电站。因为这一天是首台机组运行 61 周年的日子。

◎　千岛湖

　　1956 年，新安江水电站正式开工建设。在新中国成立之初，中国的电力基本是火电，而全年人均用电量只有 9 千瓦时，仅相当于现代家庭几个小时的用电量。

◎　新安江水电站建设资料图

在缺少工程机械的情况下，中国人硬是用不到 4 年的时间就实现了新安江水电站第一台机组的投产发电。

这是新中国第一座自己设计、自制设备、自行施工的大型水力发电站。在"一五"时期的重大项目中，仅电力项目就有 24 个。国家经济社会的发展需要，是中国电力工业一步步成长的动力。

◎　新安江水电站——新中国第一座自己设计、自制设备、自行施工的大型水力发电站

金沙江流域蕴藏了中国 17% 的水能资源。当年，在新安江水电站建设的同时，这里也曾被勘探过，但一直未能得到开发。

白鹤滩是当今世界在建规模最大、技术难度最高的水电工程。水轮发电机组单机容量达到百万千瓦，一台发电机组的重量相当于一座埃菲尔铁塔。16 台机组一天的发电量可以满足 50 万人一年的生活用电需求。

◎ 水轮发电机组

◎　金沙江白鹤滩水电站全览

　　2021年6月28日,金沙江白鹤滩水电站首批机组投产发电。未来,它将与长江及金沙江上下游另外几座大型水电站一起,构成一条世界上最大的清洁能源走廊。

　　如今,中国发电装机容量已经在1949年的185万千瓦的基础上,增长了1000多倍。

> "
> 　　中国的电力装备已经形成了从发电、输变电到配用电的完整产业体系,这就是中国工业发展的魅力。
> "

"曾经的十八岁青年，

如今变成离不开花镜的人，

关于工厂的往事，

却清晰地记得许多的细节。"

◎　劳动湖退休工人诗会

回看来时的路，一间间厂房、一座座工厂，都曾经是一代代人的青春，在那里闪耀着光芒。

九层之台，起于累土。仅用了短短几十年的时间，中国就建立起比较完整的工业体系。中国的工业化过程可谓艰苦，但却帮助这个民族驱散百年屈辱的阴影，淬炼出民族的自信与尊严。

艰苦奋斗、自力更生，这些积淀已久的工业精神将在更广阔的舞台上释放出巨大动能。

中国一重

全球首台华龙

福清五号机组核

2017

如今， 中国的工业水平早已今非昔比，经历过屈辱年代的中国，似乎更清楚，没有工业，便没有巩固的国防，便没有人民的福利，便没有国家的富强。

第二篇 自强

成就中国工业的，从来就不是充足的资金、优厚的条件，**而是自立自强。**

　　"我们在黄崖洞诞生，在太行山启程。我们传承红色的基因，为民族更强盛……"

　　全凭一把土锉刀，太行山上出英豪。黄崖洞，这个由八路军副总参谋长左权亲自选定的峡谷深处，1940 年 8 月 1 日，诞生了人民兵工研制的第一支制式步枪——八一式马步枪。生产枪管的钢材来自日军运输线上的铁轨，枪托是就地取材的核桃木。

◎　黄崖洞

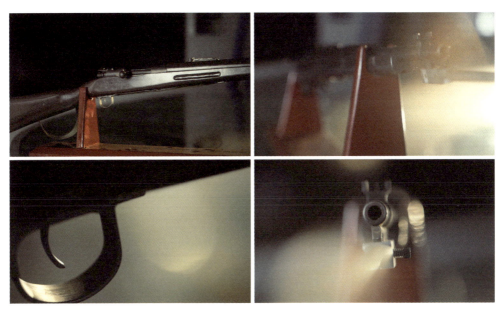

◎ 八一式马步枪——人民兵工研制的第一支制式步枪

> "
> 　　如今，中国的工业水平早已今非昔比，经历过屈辱年代的中国，似乎更清楚，没有工业，便没有巩固的国防，便没有人民的福利，便没有国家的富强。而成就中国工业的，从来就不是充足的资金、优厚的条件，而是自立自强。
> "

第一节
中国核工业的起步

【核基地——中国核动力工程的摇篮】

◎ 四川"九〇九"基地

四川"九〇九"基地，号称中国核动力工程的摇篮，是中国第一代核潜艇动力的研发基地。

从 1965 年开始，很多人告别妻儿，只身来到这个与世隔绝的深山，他们的任务就是研制核动力装置。周益年是其中的一员，他回忆当年的场景："一声令下，整个单位（的人）坐着闷罐车，地上铺着报纸，走了好几天。"

核潜艇是人类工业制造领域中最尖端、最复杂的装备之一，对当时的中国人来说，就是一张白纸。

在退休之前，张建国一直在中国最早的陆地核动力反应堆从事反应堆的退役工作。20 世纪 70 年代，这里发出了中国第一度核电。"全部是我们国家自己研制的，外国又封锁，什么资料都没有。"张建国这样回忆当年的情形。

周益年：
中核集团核动力院核动力专家

有困难就叫大力协同，所以我们当时比方说一个燃料元件，方方面面，11 个单位（协同），最后把它攻克。

杨岐：
中核集团核动力院原院长

一个信念，做惊天动地的事，做隐姓埋名的人，核潜艇一万年也要搞出来。

　　在核潜艇下水前，需要先建一个环境条件一模一样的陆上模式堆进行模拟试验，解决核潜艇上所有设备、仪表、系统管路、电缆的合理布置和精确定位问题。当年，陆上模式堆是否能建成并稳定运行，直接决定了核潜艇能否建造出来。

◎　第一代核潜艇陆上模式堆指挥部

◎　第一代核潜艇陆上模式堆厂房

◎　陆上模式堆的设备、仪表等

我国自主研制的第一艘核潜艇"长征一号",退役后停放在青岛的海军博物馆中。上万个控制阀门、四万多个零部件、上千种材料,全都是中国人自己制造的。

◎ 第一艘核潜艇"长征一号"

> 如今,回望那段历史,似乎更能看清那一番艰辛究竟意味着什么。在中国工业的步步前行中,他们未必都是人人皆知的英雄,但却永远留在了中国工业抹不去的记忆之中。

第二节
中国工业的积累与传承

【重型锻压设备——国家工业实力的象征】

◎ 巨型水压机

在黑龙江齐齐哈尔富拉尔基一座 30 米高的大型车间里，中国一重集团有限公司（简称"中国一重"）锻压工人王雪松指挥着将刚出炉的大型钢锭送入巨型水压机。

王雪松说："这一辈子就在这儿打铁嘛，就属于铁匠。"而现代"铁匠"挥舞的是一把万吨级的大铁锤，5 层楼高的巨大机器发出的低吟冲击耳膜，巨大的压砧将体积比一辆汽车还大的火红钢锭，像揉面一样不紧不慢地锻造，这台设备最大的压力超过 1 万吨。在王雪松口中，"你想要什么形状，都可以用它来做。你想让它压多少，它就能压多少"。

◎　水电汽轮机上的大型转子

重型锻压设备是一个国家工业实力的象征，离开这样的巨型机，就无法造出重大装备，更谈不上工业化。

◎　毕东芬和方瑞农夫妇

　　毕东芬和方瑞农夫妇二人都是中国一重 12500 吨水压机的设计师，他们结婚已有 60 年，两人一起参与设计建造了中国第一台 12500 吨水压机，也因为这台水压机而结缘相伴。

　　回忆起当年的情形，毕东芬说："当时全是一群年轻人，老工程师也就只有新中国成立前毕业的一两个。"方瑞农则说："她是（负责）12500 吨那个模型的，有五个姑娘做这个，当时叫五朵金花嘛，组长就是她。"

　　1958 年，刚大学毕业的毕东芬和方瑞农被分配到新中国第一个重型机械厂，参与到万吨水压机的研制中。年轻的工程师们无先例可循，也没有大型机床可用，这个水压机上超过 100 吨的部件就有 10 多个，他们只能用土办法组装。例如，200 多吨的下横梁就是由三个铸钢件拼接组成的。

　　实际上，这台12500吨的水压机在20世纪60年代初期就建成并投入使用了。它为中国造出第一艘核潜艇，也为建成刘家峡和葛洲坝大型水电站提供了基础支撑。

　　"就是这么一群人在搞这么一个在世界上属于一流的设备。从现在来说也叫敢想敢干，创造一个新的奇迹。"毕东芬和方瑞农在受访时说，"它做的事情太多太多了。例如，在电力方面，有了这台设备以后，就可以开始研制30万千瓦的发电设备。到后来，又进一步发展到60万千瓦的设备。"他们回忆："有了12500吨水压机以后，国家急需的大件基本上都能制造。"

◎　由三个铸钢件拼接组成的200多吨的下横梁

　　2002 年，服役 40 年的 12500 吨水压机突然出现了故障，对于正在转型升级的中国工业来说，不能没有万吨锻造设备，中国一重决定制造更高级别的水压机。

　　再造一个巨型水压机，绝非简单地放大复制，立柱形状是全新的，水压系统是全新的，控制系统更是全新的。

　　2006 年 12 月 30 日，15000 吨水压机试车成功。被称为"超级大力士"的它，几个小时就可以把重达 600 吨的钢锭像和面一样锻造成各种形状。

◎　15000 吨水压机

◎　15000 吨水压机工作场景

　　现在，12500 吨水压机也在修复后重返"战场"，两台万吨级的水压机在同一个车间"并肩作战"。

　　"华龙一号"核反应堆压力容器、千万吨炼油厂的加氢反应器，以及中国一半的大型锻件都出自这个车间。

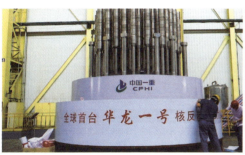

◎　"华龙一号"核反应堆压力容器

◎　千万吨炼油厂的加氢反应器

◎　部分大型锻件

宋清玉：

中国一重 15000 吨水压机
主任设计师

这种超越不仅仅是简单的
数字上的超越，实际上是
我们整个工业技术进步的
一个集中体现，只有这样
一代一代地不断地努力下
去，我们的工业才能够持
续进步。

不仅是万吨自由锻水压机，今天的
中国已经可以自行设计制造大型模锻油
压机、万吨挤压机等多种成型装备，具
备了大型锻件的综合制造能力。

我国万吨以上的模锻压力机已经超
过 10 台，为"中国制造"锻造更加强
劲的未来。

◎　万吨挤压机

◎ 世界上压制力最大的 8 万吨模锻压力机

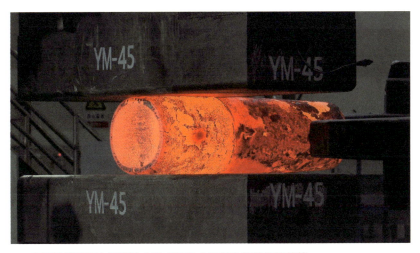

◎ 8 万吨模锻压力机锻造中的 C919 大飞机主起落架的外筒

> 如今，中国工业所发生的变化的确不仅仅是数字上的超越，从高端锻造到基础材料，每一样都离不开几代人的积累。

【高端铝材——国产大飞机飞天梦想的支撑】

谢延翠是东北轻合金有限责任公司中厚板厂技术总监，2011年，她接到一项极为艰巨的任务——为国产大飞机 C919 研制机翼材料。

机翼需要一种特别的铝合金，它被称为世界王牌合金，不仅强度高、韧性强、重量轻，而且还要保证轧制过程中不出现断裂。"合金化程度越高，它就越容易裂，你想要三米，它可能铸一米或者铸半米就裂了，根本成不了型。" 谢延翠这样描述。无数次跌倒，无数次爬起来，中国的新型材料工业在跌撞中成长壮大。

◎ C919 机翼壁板

谢延翠所在的工厂，是新中国第一家铝镁合金加工基地，专门生产高端铝镁合金。

1952 年，22 岁的李满良来到这家工厂（当时为哈尔滨 101 厂，后为东北轻合金加工厂，今为东北轻合金有限责任公司）。对于工厂的重要性，李满良说："上至人造卫星，下至锅碗瓢盆，什么都有，软合金、纯铝都是民用的，硬合金大部分是军用的。（没有这个工厂）用高端铝材的那些工厂都得停摆，飞机制造、导弹制造、原子能，还有兵器工业部的炮弹，它都用铝材。"

李满良说："看着简单，实际是很复杂的。合金（成分）符合要求的铝合金，还得除气，合金成分得合格，晶粒还得小，有气还不行，那也是很复杂的。一个铸造熔炼就很复杂，为什么要半连续铸造，原来中国有合金，搞铁模、砂模铸造，它质量不行，那个铝合金，做不了飞机、做不了导弹，做饭盒行　　只能做饭盒当然不行，李满良他们拿出不服输的劲头，迅速生产出了新中国的第一张大尺寸硬合金铝板、第一根铝棒，给新中国最早的飞机、导弹、卫星、运载火箭提供了轻合金材料。

李满良：
东北轻合金有限责任公司原总工程师

李满良是新中国最早培养的大学生，这位 91 岁的老人当年曾亲手轧制过第一颗原子弹的铝合金管。

这股挑战不可能的劲头也延续到了谢延翠身上。历时七年，尝试了数百种配方，谢延翠和她的团队终于研制出 C919 大飞机的机翼合金材料。

◎　C919 大飞机

当 C919 大飞机在万米蓝天翱翔的时候，谢延翠心里是踏实的。她相信，自己耗费七年心血的作品，一定能托举起国产大飞机的飞天梦想。

第三节
中国工业的追赶与艰辛

【航空工业——国家工业实力的综合体现】

航空工业历来都是一个国家工业实力的综合体现，一架飞机集中了设计、材料、机械、电子等众多领域的力量。中国航空工业的峥嵘岁月，同样也是一场逆风而行、追求卓越的腾飞。

在瑶湖机场的停机坪上，一架飞机已经在这里静静停放了60多年。这是新中国自己制造的第一架飞机——初教5。

◎　初教5——新中国自己制造的第一架飞机

当年洪都机械厂研制第一架飞机的团队又聚在一起，他们当中最年轻的也已经 85 岁。当年他们曾经是钳工、车工，而 92 岁的雍正球当时担任了初教 5 的设计师。

雍正球是航空工业洪都公司飞机设计所原副总设计师，他回忆："当时来学习的时候，叫洪专（501），它实际上就是初教 5。"

◎ 洪都机械厂研制第一架飞机的团队聚会场景

　　早在新中国成立之初，中国人就决定制造自己的飞机。1951年4月23日，在南昌一个八角亭式的厂房里，洪都机械厂建立了。

　　建厂之初，3000多名技术人员来自全国各行各业，但他们连飞机的样子都没有见过，更不要说造飞机了，只能先学着修理从朝鲜战场运回来的已经损坏的飞机。

◎　洪都机械厂

　　两年时间，洪都机械厂制造了大批零部件，修理了 162 架飞机。1954 年 4 月 1 日，开始自己生产飞机。

　　制造机翼，没有专门的机床，用的是锉刀。起落架收放时贴合面达不到要求，只能用土办法解决。

　　1954 年 7 月 3 日，初教 5 首次试飞成功。从资料来厂到试飞成功，只用了 133 天。

雍正球：
航空工业洪都公司飞机设计所原副总设计师

当时我们整出一个单子来，有 120 个问题，120 个都要解决，所以一定要造出来。

◎　初教 5 首次试飞资料图

　　"初教机是中国现在每位飞行员都要飞的飞机，（每位飞行员）都得上初教机去训练。"航空工业洪都公司 L15 系列飞机总设计师张弘这样说。

　　如今，从洪都出厂交付的新一代双发高级教练机——L15 猎鹰完美实现战训一体，受到国际市场的青睐。

◎　L15 猎鹰——新一代双发高级教练机

> **"** 70 年过去了，从教练机到歼击机，从运输机到预警机，走出了中国自主研制的道路，中国航空工业聚滴成海，云月万里。**"**

【兵器工业——新中国第一门高射炮】

　　傅安生是内蒙古北方重工业集团有限公司退休职工，86 岁的他每天早上都要到离家两千米的兵器公园里走一走。公园里有新中国自主生产的第一门 100 毫米自动高射炮，高射炮的自动控制系统就是傅安生设计的。傅安生说："为什么对它比较亲切呢，这是我参与的第一个高（射）炮试制，（它）就相当于我的第一个孩子。"

◎　新中国自主生产的第一门 100 毫米自动高射炮

1957 年，22 岁的傅安生跟随新中国兵器工业的奠基人吴运铎前往苏联学习，一年后学成归来，他们进入刚刚成立两年的二机厂，等待他们的是一项艰巨的任务——研制新中国第一门高射炮。

傅安生回忆："当时只有我一个人是学自动控制的，所以我觉得当仁不让，（就算）'逼鸭上架'，你也得在这块领这个头。自动控制别人不知道，没做过，所以我就领头。"

1959 年的国庆，傅安生毕生难忘。在国庆 10 周年阅兵式上，他们生产的 32 门 100 毫米高射炮组成雄壮的方阵，通过天安门广场。傅安生说："过去的时候呢，我很荣幸，在东二台还让我在那站着看一看，我看到自己干的高（射）炮过去，很高兴，（那是）第一次最兴奋的事。"

◎　1959 年国庆，高射炮方阵通过天安门广场资料图

【高吨位挤压机——国家制造能力的标志性装备】

◎ 高吨位挤压机场景图

这座高度达 10 米、重 3700 多吨的庞然大物，是目前世界上挤压吨位最大的设备之一。利用这样的设备，可以将坚硬的钢坯一次挤压成型。

雷丙旺：
中国兵器工业集团首席科学家

挤压是成型里最好的一种技术——最适合干高端的产品，干复杂的（产品）。技术含量越高、越复杂，它越适合去挤压。

高吨位挤压机被认为是一个国家制造能力的标志性装备，世界上仅有少数国家拥有这样的重型装备。雷丙旺他们也曾经尝试引进国外技术，但是却得到了这样的回答——"当然他们给了一个回答，就是说他们那个公司，能够持续一百年，它的核心技术是不对外卖的。"

核心技术买不来，2004 年，雷丙旺他们下定决心自己研制。可当时中国的高端制造比世界先进水平至少落后20 年，完全靠自主研发谈何容易。

　　传统结构挤压机一根立柱的重量就超过 100 吨，而四根这样的柱子，才能承受住 36000 吨的力量。他们联合二十多家院校、企业的技术专家协同攻关，经过三年艰辛研发，2009 年 7 月 13 日，重型挤压机热调试成功，挤压出第一根 P92 无缝钢管。当时，一根长 6 米、直径 0.8 米的 P92 无缝钢管的市场价要 16 万元一吨，可消息一经发布，国外厂商迅速降价，降到了 5 万元一吨。

　　"这台挤压机为我们国家的重大项目、重大工程的关键材料，做出了非常重要的支撑。" 雷丙旺说。

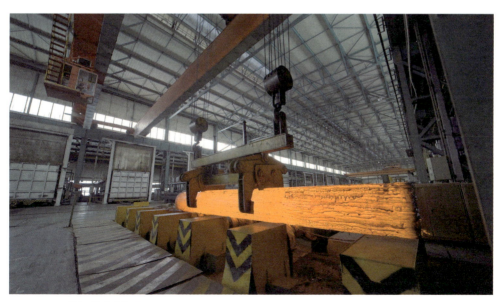

◎　P92 无缝钢管生产场景

◎ P92 无缝钢管

> "
> 　　如今，中国已经跻身于世界第一制造大国，但扬眉吐气的背后，却有很多追赶和探索的艰辛，只有亲历者才能体会。
> "

第四节
中国工业从跟跑到并跑

【"东风号"——中国第一艘万吨远洋船】

◎ 中国第一艘万吨远洋船"东风号"资料图

　　上海，是中国最重要的造船基地之一，中国第一艘万吨远洋船"东风号"就诞生在这里。

　　叶中孚是原江南造船轮机车间刨铣组长。1959 年，刚刚中学毕业一年的叶中孚参与了"东风号"的建造。虽然他当时只是一名普通的铣床工，但动手能力强，做出了多项重大的技术革新。叶中孚回忆："当时造东风轮的技术革新是解决困难，什么锚机、舵轴、主轴……这个轴是铁的，在铅的（轴衬套）里面转，所以（针对）这个我搞了很多革新。"

　　1960 年 4 月 15 日下午 3 点 30 分，中国自行设计、建造的第一艘万吨远洋船"东风号"举行下水盛典。

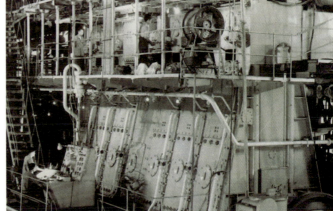

◎　"东风号"下水盛典资料图

　　但鲜为人知的是，由于缺少柴油主机，"东风号"在5年后才真正交付使用。叶中孚回忆："当时船前面有锚机，后面有舵，还有主机，当时的万匹机的主机也是我们自己造的。万匹机的主机要调试，因为这是我们第一次造万吨轮，所以在黄浦江碰到了种种困难，抛锚抛了五年。"

　　如今，中国已经能够研制生产世界先进的大功率船用发动机，在长兴岛上的现代化船厂里，超大型油船、集装箱船和大型液化天然气运输船正在建造。正是由于先进的船舶设计和高质量的建造水平，2020年，中国赢得了全球造船市场44%的订单。

"
　　摸着石头过河，是中国特色的改革历程，也是中国工业自力更生的真实写照。
"

【卫星地面接收装置——聆听"东方红一号"的声音】

◎　航天精神教育基地

　　在陕西秦岭深处巍峨的大山里，隐藏着一处航天精神教育基地，这里曾经与世隔绝。50 多年前，"东方红一号"卫星的地面接收装置就是在这里研制成功的。

　　宋剑鸣是中国航天科技集团五院（简称"航天五院"）西安分院的研究员。1968 年，31 岁的宋剑鸣和几百名同事坐着闷罐火车，从成都辗转来到了这座大山里，他们的任务就是研制东方红卫星的雷达和地面接收天线。宋剑鸣回忆："当时命令所有职工全部搬过去，至于剩下的问题，以后再慢慢解决。"

当年的珍贵资料，记录了航天人在简陋的条件下，对太空探索的蹒跚起步。当时，中央对第一颗卫星提出的目标是"上得去、抓得住、看得着、听得见"，而宋剑鸣负责的就是"听得见"。

宋剑鸣：
航天五院西安分院研究员

因为当时这个卫星很简单，就是《东方红》乐曲，没有其他的东西，能够传到地面的就是《东方红》乐曲。如果你听不到，那说明你的卫星不成功。没有资料，全是自己想办法。

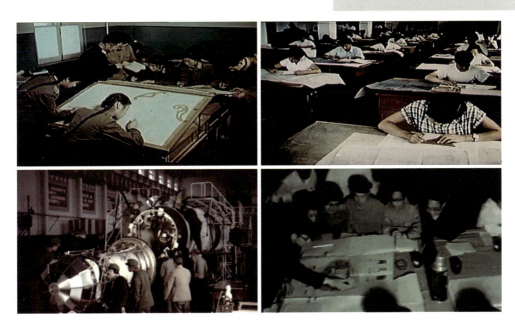

◎ 航天人当年工作场景资料图

　　"东方红一号"卫星地面接收天线一架就重达 170 千克。宋剑鸣他们当年用二个月时间赶制了三架地面接收天线，分别放置在海南岛、湖南新化和北京广播局，接收来自"东方红一号"卫星的信号。

◎　"东方红一号"发射场景

　　1970 年 4 月 24 日，《东方红》乐曲从遥远的外太空传来，宋剑鸣就在北京广播局的卫星天线下焦急等待，他们要保证这首激动人心的歌曲通过广播传到中国大地的每个角落。

> " 依靠自己的力量，一代代航天人接续前进。 "

【铷原子钟——北斗三号导航卫星的心脏】

　　贺玉玲是航天五院西安分院铷钟产品首席专家，让北斗三号卫星提升导航精度的"心脏"——铷原子钟，就是她带领大家研制的。铷原子钟的每一次跳动，都决定着北斗导航卫星的定位、测速和授时功能的精度。

◎　铷原子钟

贺玉玲说："咱们北斗三号的授时精度是 10 纳秒，（只有）10 纳秒，我们才能保证地面的定位精度是 3 米。10 纳秒是一个什么概念，其实我们可以想象一下，我们在一个标准足球场上放一粒小米，大概就是这么一个量级。"

◎　铷原子钟漂移率检测场景

2004年，在贺玉玲刚工作的时候，很多卫星元器件都依赖进口。想买也买不到，这是常有的事。他们知道，即便条件再简陋，甚至科研设备少之又少，中国的北斗，只有自力更生这一条路。

在航天五院西安分院一个自动化的车间里，小到部组件，大到分系统，卫星上的有效载荷都实现了国产制造。

贺玉玲：
航天五院西安分院铷钟产品首席专家

我们的每一个元器件、我们的每一种材料，甚至我们里面用到的胶、我们用到的线缆（都是自己研制的），所以这对我们整个国家的工业水平的要求也是比较高的。

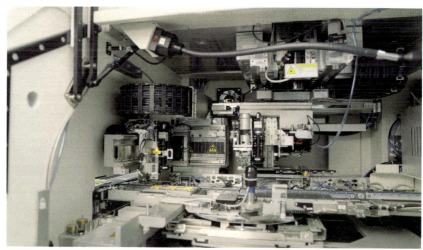

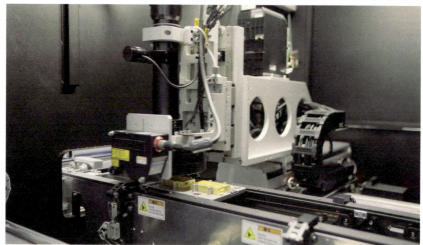

◎ 航天五院西安分院自动化车间

> 50 年，中国成功实施了 300 多次发射任务，不但有卫星，还有深空探测器、载人空间站，集中力量办大事的显著优势成就了中国航天的黄金时代。

一代代工业人坚守自主创新的信念，推动中国工业实现从跟跑到并跑的巨变。回顾来路，工业体系的谋篇布局和空间结构调整，也深刻塑造了今天的中国工业版图。

从无到有，从小到大，中国工业自立自强，为中华民族立于世界之林奠定了坚强后盾。

历史的车轮前行，当工业浪潮与改革开放的时代相遇，中国工业开启了朝向世界的崭新征程，在波澜壮阔的时空图景中，工业之笔又将书写出它崭新的篇章。

党的十一届三中全会以后，中华大地迎来改革开放的春天，中国开始与世界对话。

第三篇 奋起

面对全球迅猛发展的科技和工业化浪潮，追赶

需要几代人几十年的奔跑。

"当时就是以票为主，那时候。"

在北京旧货市场里，还能看到收藏爱好者们珍藏的粮票、布票、菜票、肉票，这些曾是一代人的记忆，它们记录着物资短缺时代的生活情景。

◎　20 世纪 50 年代至 80 年代，中国在特定经济时期发放的物资票证

◎ 粮票

◎ 布票

◎ 菜票

◎ 肉票

◎   物资票证兑换情景资料图

　　党的十一届三中全会以后，中华大地迎来改革开放的春天，中国开始与世界对话。但面对全球迅猛发展的科技和工业化浪潮，追赶需要几代人几十年的奔跑。对每一位奋斗者来说，如何加快中国工业现代化的进程，变得切实而紧迫。

第一节
中国人民穿衣不愁

【仪征化纤——为美好生活添彩】

◎　龚伦兴珍藏了 30 年的工作服

　　龚伦兴是中国石化仪征化纤股份有限公司（简称"仪征化纤"）原党委书记。92 岁的龚伦兴要回自己亲手组建的化纤厂去看看，他拿出了珍藏了 30 年的工作服，依然崭新如初。"洗了以后不要熨烫的，很挺拔、很漂亮的，所以'的确良'穿着很凉爽，洗了以后又不会皱，这就叫'的确良'。"

　　40 多年前曾风靡全国的"的确良"，因为挺括耐穿且免烫，穿着很凉爽，深受大家青睐，曾经一布难求。

　　从 1954 年到 1978 年，中国人口数量净增 3.5 亿人，吃饭穿衣都要靠土地种出来，有限的耕地不能满足人民吃饭、穿衣的需要，况且"以粮为纲""棉不与粮争地"。从 20 世纪 70 年代开始，中国考虑通过发展石油化工、化纤来解决人民的穿衣问题。

　　1978 年，在油菜花盛开的时节，龚伦兴奉命筹建仪征化纤厂，目标是要为全国人民每人每年提供两件新衣服。

◎　仪征化纤厂建厂资料图

"那年我 48 岁，还是比较年轻的。来报到以后，这里什么都没有。路呢也没有像样的公路。"龚伦兴回忆道，"筹建非常艰难，非常艰难，浙江一个亿，江苏一个亿，原来国家批了三个亿，总共五个亿，（加上发债二亿多），这七亿多，那还缺两亿（多）哪里来呢？想尽办法没地方去借了，同工商银行商量贷款。提出这个做法，这样凑齐十个亿。"

40 多年前，用十亿元人民币建一座工厂，这简直是个天文数字，而且贷款建厂更是闻所未闻。这种独特的投资建设方式在当时被称为"仪征模式"。

龚伦兴：
仪征化纤原党委书记

50 万吨能力是什么概念呢？相当于 1000 万亩棉花产量。当时全国老百姓每人每年的定量供应（多出）一丈五尺布票，也是我们做了一点小小的贡献。

万涛：
仪征化纤党委书记

为美好生活添彩，我们要确定新的目标、新的使命，我们下一步就是在材料方面即高性能纤维方面加快发展。

一期工程每天仅债务利息就有32万元，这相当于一万多名员工一个月的工资。但压力也是动力，仪征人铆足了劲儿奋力拼搏。

仪征化纤于1984年正式建成投产的第一条聚酯生产线，至今还在运行。到1990年，这里已经可以年产50万吨化纤和化纤原料，能给全国人民每人每年提供5米布料，做一套"的确良"的衣服，真正实现了当初的目标。

2020年，一套20万吨的涤纶短纤维装置投产，仪征化纤的短纤维年产能突破100万吨。

◎　仪征化纤新建的涤纶短纤维装置

【镇海炼化——改写世界化纤工业的版图】

　　夜幕降临，一座华美璀璨的不夜城矗立在东海之滨——浙江宁波，这是中国石化镇海炼化公司（简称"镇海炼化"）——全国最大的原油加工企业。

◎　镇海炼化工厂夜景

20 多层高的炼塔与油罐，密密麻麻、徐徐铺展在海边。通过这些管道，乌黑的原油被炼制成汽油、柴油和乙烯、对二甲苯，而这些与我们的衣食住行息息相关。

20 世纪 80 年代，镇海炼化的厂址还只是一片盐碱荒滩。1988 年，镇海炼化在国内率先开展国外原油来料加工业务，开启了国内加工进口原油的先河。

施俊林：
镇海炼化副总经理

"的确良"也好，涤纶也好，有个产品叫对二甲苯，是大量依靠进口的。经历了两代人的努力，对二甲苯的国产化攻关工作才完成。

◎　20 世纪 80 年代加工进口原油资料图

　　来自中东的油轮纷至沓来，先后有 200 种原油在这里上岸，每天有 6 万吨原油在这里加工炼化，中国石化工业奋力追赶，改写着世界化纤工业的版图。

　　施俊林说："石油化工的发展，就是为我们中国老百姓的穿衣解决大问题。"曾经的国民时尚"的确良"，如今已成了一代人的记忆，而中国的化纤产量也已经跃居世界第一，不仅解决了 14 亿人口的穿衣问题，还出口到全世界。

◎　镇海炼化

第二节
中国汽车走向世界

【上海大众——打开中国汽车工业的全新格局】

◎　上海汽车博物馆珍藏的第一辆国产桑塔纳汽车

上海汽车博物馆珍藏着第一辆国产的桑塔纳汽车，这台于1983年生产出来的汽车，今天看起来造型依旧"帅气"。

年近70岁的周惠忠是上汽大众汽车有限公司（简称"上汽大众"）的老工人，他曾参与了第一辆桑塔纳的组装。"当时也不知道桑塔纳，就知道合资了外国品牌车子，我就去了。零件都是从国外运过来的，那时候叫CKD，全部（都是）进口的零件。好多东西你看也没看到过，不知道是什么东西。"他回忆，"当时轮胎看不懂，这个轮胎为什么看不懂，没有内胎的，（觉得）好奇怪，没内胎怎么回事？它不会漏气吗？一上上去（发现）不会漏气！这个很新奇。"

1978年，中国一年生产的轿车不足5000辆，只占世界总量的0.5%，汽车的千人保有量仅为0.5辆，居全球130个国家的尾端。这一年，中央研究决定，引进外资，迅速发展中国汽车产业。

"当时中国的经济是百业待兴，国家已经在计划振兴中国的经济，轿车是其中的一个项目。国务院的经委、计委、外贸部等几个部门制定了一个文件，要在中国引进一条生产线——汽车生产线。"上汽大众原董事会秘书吴慧宏在受访时说。

这条中国引进的第一条桑塔纳组装线就建在周惠忠工作过40年的上汽大众的总装车间里，周惠忠至今还保留着1983年第一台组装桑塔纳下线时的照片。

◎　第一台组装桑塔纳下线资料图

改革开放，渴望变化的中国打开国门，向发达国家学习，引进国外的资金和先进技术，补上中国工业的短板。引进技术、加速发展，中国汽车工业的全新格局由此打开。

> 如今的上汽临港是国内最现代化的整车生产基地之一，平均每 76 秒就有一辆整车从这里下线，全球每三辆汽车中，就有一辆产自中国。而随着桑塔纳的引进，奋力前行的还有整个汽车工业。

【延锋汽车饰件——改革开放带来的实际成果】

延锋汽车饰件系统公司（简称"延锋汽车饰件"）是上海的一家汽车内饰厂，正在生产的转向盘就超过了100种，而公司当初就是从给桑塔纳做转向盘起步的。

陆凯是延锋汽车饰件副总经理，他回忆："第一辆车我们做的是桑塔纳。现代的工艺那时候还没有，所以那时候完整来说的话就是一个手工作坊，一件件单件生产出来的。"

陆凯至今都记得，1986年他们给桑塔纳生产第一批转向盘时的尴尬，在德国大众的质检标准里，仅转向盘的测试指标就有100多项，而中国的测试指标只有6项。他们上百次反复改进，才终于获得了德国质检方的认可。

陆凯说："我们抓住了改革开放（的机遇），可以说是自己的努力加上中国巨大的市场潜能的挖掘，造就了延锋的今天。"

如今，从喇叭到座椅，凡是汽车里需要的内饰在这里都能找到，全球知名的汽车品牌都已经是他们的客户。

◎ 延锋汽车饰件生产车间场景图

> "引进一个车型，改造一个行业。"这是中国改革开放带来的实际成果。

【吉利汽车——从自主研发到海外并购的跨越式发展】

二十世纪八九十年代，是中国工业的奋起时代。鼓励以公有制为主体多种经济成分共同发展的政策，激发着更多人的创业热情。

浙江台州的吉利汽车生产线上的机械手，可以根据车型换焊枪。其生产车间内的一条智能生产线可以同时生产两种不同的车型。

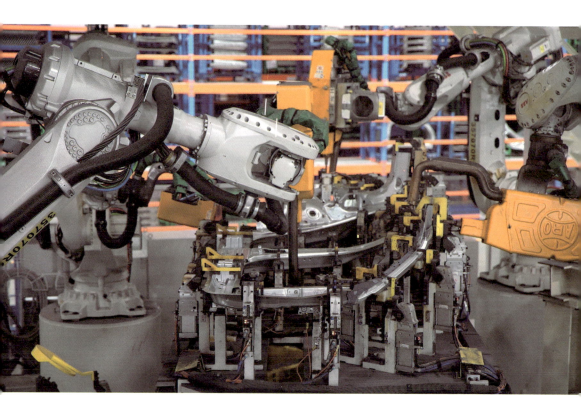

◎　吉利汽车生产线上的机械手

李书福是吉利控股集团有限公司（简称"吉利"）董事长，他从给人照相、干个体户，到造冰箱、造摩托车，每次都敢于去做"第一个吃螃蟹"的人。1997年，李书福萌生了造车梦，那时候的汽车产业还没有对民营资本放开。

2001年12月，在中国加入世界贸易组织后的第三天，国家给李书福发出中国第一家民营企业汽车生产、制造、销售许可证。李书福这样评价这个时刻："这个准入对我来讲，就是给了我制造汽车的梦想插上了腾飞的翅膀，开始可以走向世界了。"

造出"让老百姓买得起的汽车"，李书福在这里完成了他的梦想。

2010年，只有13岁的吉利，并购有82年历史的沃尔沃，这曾是轰动一时的新闻。这桩被誉为"农村青年迎娶电影明星"的跨国并购事件，不仅帮助沃尔沃扭亏为盈，更成为中国汽车业实现跨越式发展的代表。

回首吉利汽车的发展历程，李书福说"作为吉利来讲，我们从小作坊开始，一点一点地发展成长，还真是没有想到今天这样的情况，当时只是说一年有没有可能生产几十万辆汽车，一百万辆汽车（就）觉得非常多了。但现在我们不是，现在我们几百万辆——两三百万辆已经实现了。"

李书福：
吉利董事长

我（当时）认认真真研究（了）十一届三中全会以来一系列的政策方针，你去研究这些政策方针，没有说不能突破，不能创新，不能搞汽车的。从设计到工程，再到生产，我们通过几十年的建设，供应链也变得非常强大。

◎　400 辆整装待发的国产品牌汽车

在上海海通汽车码头上，400 辆国产品牌的汽车整装待发，即将运往比利时。

"

　　从 2009 年开始，中国已经连续 12 年成为全球汽车产销第一大国。从合资经营到打响自主品牌，中国汽车正在走向世界。

"

第三节
中国工业破浪前行

【ＴＣＬ——中国家电产业最早的赶超故事】

◎ TCL 生产的彩电

改革开放释放了活力，哪里有市场，哪里就有产业布局。而电视是中国家电产业最早的赶超故事。

位于广东惠州的一座旧厂房是 TCL 科技集团股份有限公司（简称"TCL"）积累第一桶金的地方，他们把这里原封不动地保留下来，记录当年奋斗的青春岁月。第一部无绳电话、第一台大屏幕彩电，都诞生在这里。今天，惠州已经成为全球最大的电视生产基地之一，这里每天可以生产 6 万台电视。

◎　TCL 位于广东惠州的第一座厂房

20 世纪 80 年代初，彩电是紧俏货，当时中国家庭的电视普及率还不到1%，日本彩电曾占据中国市场的半壁江山。商品的短缺给敢为人先的企业提供了机遇。

1992 年，从惠州起步，TCL 进军彩电业。仅仅几年，他们的彩电就做到了家喻户晓。而到 1998 年，中国的彩电产量已经位居世界首位。

但是，彩电产量第一仅仅是赶超的开始，当液晶显示屏迅速取代传统的真空管电视，液晶显示技术的主动权却牢牢掌握在国外企业的手里。

要想打破产业链的魔咒，唯有奋发图强，向上游靠近。

李东生：
TCL 董事长

20 世纪 80 年代经济短缺，那个时候成长起来一大批企业，这些企业成功的要素就是敢为人先。

这个过程中的企业能够快速成长，很重要的一个因素就是改革开放带来的中国经济快速发展、市场需求快速增长的机会。

◎　TCL 液晶面板生产场景

　　如今，这里是全球第二大电视面板生产基地，每个月投产的玻璃基板超过 16 万片。11 年前在液晶显示屏上的布局曾备受争议，今天终于有所收获，就像李东生自己说的，他就是一位永远不知疲倦的追赶者，而这恰恰也是中国工业迅速成长的秘密。

> 　　2020 年，中国的液晶面板产量已经占到全球产量的一半，中国企业不甘心只做在别人身后的追随者，几十年奋起追赶，抓住机遇只争朝夕。从培育到壮大，中国在工业领域的超越从没有一蹴而就。

【杭氧——中国向发达国家出口工业装备的先河】

杭州临安青山湖畔，在杭州杭氧股份有限公司（简称"杭氧"）的制造基地里，总工程师韩一松正加紧分析现场反馈的数据，为一套出口俄罗斯的七万等级空分设备的试车做准备。"我们对一个产品的精细化程度是不能有差异的。"韩一松这样说。

空分设备被称为"现代工业之肺"，是冶金、化肥、煤化工等行业的重要装置。在韩一松的描述里，"空分装置是一个非常复杂的系统，就跟航空母舰一样，它不是一个机，而是一群机，所以对应着很多配套的部机和技术"。

◎ 杭氧的空分设备生产车间

◎　换热器上的翅片

　　一匹匹像布一样的波纹状金属片就是换热器上的翅片，它们是空分设备的重要组成部分。由这种铝制翅片组合成的换热器耐压等级能达到 130 千克，目前全球能生产同类产品的公司只有两家。

　　时间回到 1979 年的一天，工人们在杭氧大食堂门口围观一台滚压翅片冲孔机。当时，杭氧的技术人员在一本国外杂志上偶然发现了滚压翅片的文章，但一无技术资料、二无设备，大家只能自己动手研制。

◎ 1979 年，杭氧的工人们围观滚压翅片冲孔机资料图

　　几何形状翅片的小面积脱焊时有发生，为了解决这个问题，杭氧的工人设计出一种专用冲床，最终冲制出质量稳定的翅片。

　　1978 年，德国林德公司在到杭氧调研的时候，发现板式换热器的翅片做得非常出色，所以在 1979 年 4 月，他们提出要采购杭氧的翅片加工机床，包括一整套技术资料。

韩一松：
杭氧总工程师

我们用了十多年的时间，追（赶），不断地追赶，到现在能跟国际这些巨头竞跑并跑。

1979 年 11 月 4 日，《人民日报》刊登了杭氧向德国林德公司出口翅片冲床的报道。如今，中国一个月出口海外的机电产品就超过万亿元，30 万马克的出口合同微不足道，但在当时却首开中国向发达国家出口工业装备的先河。

如今，杭氧已在世界 40 多个国家和地区矗立起了"中国制造"的空分巨塔。

> "追赶，不停地追赶，自 1978 年以来，中国的工业增加值增长了近 60 倍，以前所未有的速度破浪前行。"

【特变电工——紧抓大型能源装备发展机遇】

新疆昌吉是天山北麓的一座小城，这座城市的地标性建筑是
特变电工股份有限公司（简称"特变电工"）的总部大楼，而33
年前这里还只是一家濒临倒闭的街道小厂。

◎ 特变电工的总部大楼

◎　特变电工 30 周年厂庆日

　　在特变电工 30 周年厂庆日当天，特变电工党委书记张新请厂里的退休员工回家看看。好久没见，曾经的创业元老们激动地拥抱在一起，想起当年的创业时光，他们潸然泪下。他们曾经一起从零起步，改变了自己和这家企业的成长轨迹。

　　在 1988 年春节期间，张新接到乌鲁木齐市化工厂的调令。当时，昌吉变压器厂入不敷出，工人们半年都没有发过工资了，而张新是昌吉变压器厂的唯一一名技术员。

　　回忆起当年的情景，"工厂里到处都是泥泞的，床上都用盆在接着雨水，生的是小煤炉，房子漆黑，白天都看不到里头的光线。我到里头找不到坐的地方，不知道在哪里。"张新说，"我们创业之初，这个企业是没有固定产品的，靠维修一些小家电，女同志（做）点衣服，靠缝纫社的几台缝纫机，就这么非常艰辛地生活，没有订单，也没有资金。"

◎　当年昌吉变压器厂的厂房

　　26 岁的张新回到宿舍，彻夜未眠。他第二天回到厂里跟大伙说："不走了，大家团结起来再试一次。"

　　1988 年，他们争取到的第一个订单来自新疆建设兵团，生产农用灌溉变压器设备，价值 34 万元，这给了他们走下去的信心和动力。

　　进入 21 世纪，中国特高压输变电技术的进步，又给他们提供了新一轮发展机遇。特变电工承接了总装西电东送输变电设备的项目，圆锥形套管与出线绝缘装置的"空中对接"，是总装难度最高的一步。整个过程就像飞机的空中加油。套管要装进出线绝缘装置 3.5 米内，对接不允许有丝毫磕碰。

◎　圆锥形套管与出线绝缘装置对接

33 年前的街道小厂只能生产几元钱的电视机中的小机电，现在的特变电工制造的是价值几十亿元的超特高压输变电成套设备，不仅装备国内的西电东送电力网络，还出口到"一带一路"沿线国家和地区。

张新：
特变电工党委书记

感谢这个改革开放的好时代，中国进入一个全面的工业化时代。

改革开放释放出中国人无尽的活力，每个人都在奔跑中享受着收获的喜悦。

中国已经连续 11 年位居世界第一制造业大国，工业实现了由小到大的历史性飞跃，中国已经拥有 41 个工业大类、207 个中类、666 个小类，联合国产业分类中列举的全部工业门类都能在中国找到。

格力空调的自动化车间有 862 道检测工序，每年有超过 1000 万台格力空调从中国出口。

◎ 格力空调的检测车间

◎ 联宝科技的"哪吒线"

在联宝科技这个世界最大的 PC 单体工厂中，其生产线——"哪吒线"每秒就有一台联想电脑下线，向全球126个国家发货。

中国工业在改革开放中崛起，资源、劳动力、成本这些比较优势与经济全球化、产业转移、科技进步的变革不期而遇，成就了中国工业的突飞猛进。更重要的是，中国人的勤劳和智慧，带着一个个奋斗创业的梦想，在工业化时代得到了充分释放。

国家提出了创新、协调、绿色、开放、共享的新发展理念，我们要共同把握数字化、网络化、智能化发展机遇。

口到"一带一路"沿线国家

第四篇 蝶变

让信息化与工业化深度融合
为中国工业的创新蝶变带来无限可能

早上 8 点半，一列高铁从北京北站出发，驶向 2022 年冬奥会场馆所在地——张家口，这是世界上第一列自动驾驶的高速列车。

2021 年，距离中国修建第一条铁路已经过去了 106 年。同是京张铁路，今天的高铁不仅穿越燕山山脉，还要穿越世界上最为复杂的城市地下交通系统，然而，在修建这条地下隧道的两年时间里，地上居民没有任何察觉，繁忙的地铁依然正常运行。

◎ 京张铁路及正在运行的高铁

◎ 盾构机

盾构机与人工智能、大数据与工业互联网，创新技术的深度融合，赋予了传统基建更高的效能。

> 当前，在全球新一轮科技革命和产业变革深入推进的背景下，国家提出了创新、协调、绿色、开放、共享的新发展理念，我们要把握数字化、网络化、智能化发展机遇，让信息化与工业化深度融合，为中国工业的创新蝶变带来无限可能。

第一节
中国工业高质量发展

【5G 通信技术——信息化带来的新变革】

四月，来自印度洋的暖湿气流沿河谷北上，雅鲁藏布大峡谷的桃花盛开。

格绒卓玛是一名自媒体直播从业者，她驱车 1300 公里来到林芝，准备通过直播的方式带粉丝们一起领略四月的芳菲。与此同时，在桃花村，达娃多吉和他的团队正忙着搭建 5G 移动式车载基站。

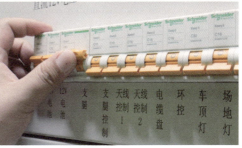

◎　5G 移动式车载基站

◎　5G 微波天线

　　赏花时节，在青藏高原这个方圆不过一千米的嘎拉村里，每天都有上千场直播在进行，而 5G 车载基站能保障每一帧画面都传输流畅。格绒卓玛说："以前发视频的话，比如一个视频要一分钟，现在用 5G 网络，可能 30 秒不到就发出去了。"

　　这就是今天的中国，有 96.1 万个 5G 基站、582 万个 4G 基站。在神州大地上，每分钟会产生 8.2 亿元的移动支付，15.8 万件快递被收发，中国网上的商品零售额高达 300 亿元／天。互联网正以极快的速度渗透进人们生活的每一个角落。

　　当然，信息化的力量远不止这些。在那些看不到的地方，信息化正带动效率变革、质量变革和动力变革，引领着中国工业在高质量发展之路上阔步向前。

【 MES——智慧工厂助力传统工业提升效率 】

　　在湖南长沙的工程机械制造基地里，只有初中学历的镗工大师雷东风，正在教学生们做金属切削。

◎　镗工大师雷东风教学生们做金属切削场景

全球最长的臂架泵车每小时可以喷出 130 立方的混凝土，阀块是泵车的"心脏"，而阀块上的孔为泵车提供动力。

雷东风之前用镗床给阀块镗孔，每一个孔都要绝对精准，误差允许范围仅在 ±0.1 毫米之间。根据雷东风的描述，"刀具要切削那个精度，就是说我们能够在两个（三丝）都能看出来，所以我们凭经验，基本上都能看出来。"

◎　全球最长的臂架泵车

◎　阀块

凭借高超的镗孔技术，20 年前，雷东风就已经是全厂工资最高的工人。然而今天，雷东风发现，只教学生用好镗床已经远远不够。

三一重工的 18 号厂房，曾经也是雷东风镗孔的车间，但如今的 18 号厂房让雷东风感到陌生。

站在计算机前的工人是这条自动化生产线上的指挥官，他启动了 18 厂房里的聪明大脑——MES（生产过程执行管理系统），这是 18 号厂房智能制造的核心。在下达指令后，厂房里的自动导引运输车就会行动起来，它们会立即前往立体仓库取货，再把零配件运送到相应的工位上。

◎ MES——生产过程执行管理系统

◎　自动导引运输车

　　不同形状的钢板被运进厂房，激光定位扫描钢板形状、大小，通过强大的数据库图册比对，可以迅速运算出钢板在厂房里的运行轨迹，清楚地知道什么时候把哪块钢板送到哪个工位、哪个车床上，进行自动加工打磨。

　　在18号厂房里，上百台机器人协同作战，500多名工人已经实现了由机器的操作者向机器看护者和研究者的转型。就像三一重工泵送公司副总经理蒋庆彬所说的，"纯粹的操作工（的数量）是在不断地下降的，但是技能型的人才、工程师（的数量），是不断上升的。"

◎ 18 号厂房里机器人工作场景

　　1999 年，这里一个月只能生产几台泵车，而如今在 18 号厂房里，每 45 分钟就下线一台泵车。

　　穿行在各工序之间的吊装早已不复存在。智慧感知，万物互联，18 号厂房生产效率变革的故事正在中国的各大工厂里上演。

> 以信息化带动工业化，以工业化促进信息化，中国，走出了一条新型工业化道路。

【国产起重机——创新驱动中国工业发展】

◎　宁夏盐池，有 87 台风机的风场

宁夏盐池正在建设一个有 87 台风机的风场。毛乌素沙漠的腹地风力强劲，这里的风速瞬间就能达到七级，安装工程师李占虎要赶在稍纵即逝的窗口期内加紧安装。

◎　专门为风机吊装研制的 1600 吨起重机

这是专门为风机吊装研制的 1600 吨起重机，长 26.6 米，自重 200 吨，臂架可升至 140 米的高空。

李占虎已经有 20 年风机安装经验，他推出六节臂架，这对能发出 2000 吨推力的变幅油缸，支撑臂架完成高空的精准作业。五节塔筒顺利吊装，整个过程快速、平稳、精准。接下来，李占虎要将 138 吨的风机机舱吊至 110 米的高空进行拼接组装。

突然，起重机报警了。高空吊装，现场地势的平整度非常重要。沙漠里凹凸不平，安装地点的水平线比预计的高出了一米，机舱无法在高空中与塔筒顺利连接。

而此时，远在 1200 千米外的徐州，大屏幕里实时显示着 68 万台工程机械设备的运转状态。宁夏这台 1600 吨起重机发出的报警迅速引起了工程师李戈的注意。"因为风机在正常情况下的高度都是统一的，而可能因为当地甲方或者施工方的一些制造误差，或者当时这个基座重新加固，在加固完以后，整体比原来那个参数要高了一米左右。"

◎　起重机远程监控场景

此时，5G 网络已经将这台起重机的现场运行数据回传到徐州，李戈根据现场最新数据，迅速计算出当前臂架承受的复合承载，将起重臂的延伸参数从原来的 80.8 米修改为 81.8 米。

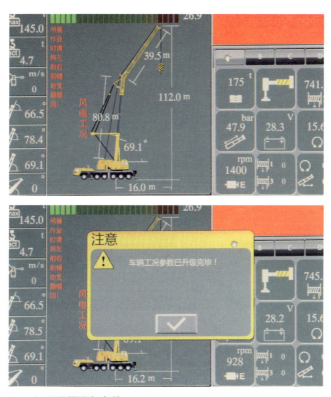

◎　远程设置设备参数

在不到 2 分钟的时间里，宁夏这台 1600 吨轮式起重机的臂架延伸高度数据就更新完毕。趁着风和日丽，李占虎又重新开始了吊装。

> **"**
>
> 新一代信息化技术正带动生产方式的变革。
>
> **"**

李宗久：
徐工起重机械事业部退休职工

我最自豪的就是，从5吨到50吨，整个试验、鉴定、北京试验场鉴定跑车、可靠性试验，都是我参与的。

徐州——1600吨起重机诞生的地方，每天会有100台起重机从这里下线。这里也是曾经的八路军鲁南第八兵工厂所在地，在这里诞生了中国第一台汽车起重机。很难想象，21世纪之前的中国在全地面起重机领域还是一片空白。

工程师李戈一家三代人都在徐工（徐州工程机械集团有限公司），他们共同见证了中国起重机的发展。李戈的父亲李宗久曾参与了中国第一台机械5吨起重机的研制工作。

李宗久珍藏着十几本泛黄的笔记本，密密麻麻写满了三十年前调试5吨起重机的各种解决方案。

◎　李宗久珍藏的笔记本

从 5 吨到 1600 吨，再到如今的 4000 吨，中国工程机械装备的质量正发生着前所未有的变革。

2020 年，全球工程机械十强排行榜中，中国有三家企业上榜，而在十三年前，还看不到中国企业的身影。

起重机的跨越式发展全靠强大的液压系统，在加工液压油缸方面，徐工的工程师们有自己的独门绝技。

◎　6000KN 全液压予应力冷拔机

　　这台拉拔钢管长 18 米的 6000KN 全液压予应力冷拔机是亚洲第一的冷拔机，这些强度、韧度兼具的钢材都是徐工的工程师专门研制的，突破了传统镗孔加工方式。

　　长 12 米、厚 27 毫米的钢管被送入工位。冷拔开始，加压、拉拔，一气呵成，冷拔完成。组装好的液压油缸被送进测试车间，一只盛满水的杯子，将直观呈现油缸的运行状况。启动、运行、停止，杯子里的水轻微晃动，但并没有洒出来。经过这些极限数值的检测，验证了这根油缸具备世界一流的微动性能。

◎ 液压油缸测试场景

> 中国工业，正从粗放型发展模式向创新驱动转变，不再以低成本、大批量和简单制造来赢得市场，而是致力于成为全球领先的高端制造者。

第二节
关键产业链日益完善

【五轴数控机床——核心技术推动产业链高端延伸】

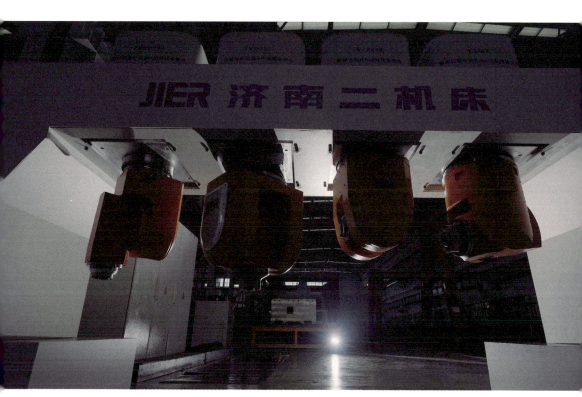

◎ 五轴机床的"五轴联动"

这是一场五轴机床的"舞蹈",两个摆动轴在数控系统控制下实现五轴联动,划出优美的曲线。包鹏超是这场"舞蹈"的"导演",都说"台上一分钟,台下十年功",为了这场五轴机床的舞蹈,济南二机床集团下的功夫绝不止十年。

包鹏超:
济南二机床集团数控机床公司副总经理

机床(制造业)是我们国家的一个基础工业,没有机床,我们可能会回到农业社会,它可以说是国之重器,(是)生产机器的机器。

　　车间里正在生产的是第 71 台五轴数控机床，12 小时后，客户就要来验收，工程师们正在对这台机床做最后的测试。打磨一个厚度为 10 毫米、具有 S 形曲面的金属件，只有达到 0.12 毫米轮廓度才可以合格出厂。

◎　第 71 台五轴数控机床测试场景

在山东济南，提到"济二红"，大家都知道，说的就是济南第二机床厂，红色的砖墙沉淀着这家工厂悠久的历史。就在这里的厂房中，曾经诞生了中国第一台大型龙门刨床。然而，在世界机床进入数控时代后，中国人的追赶脚步异常艰辛。

一台五轴数控机床有近三万个零件，其中最核心的就是切割金属用的双摆角数控万能铣头。在二十年前，这样的数控万能铣头只能从国外进口。

◎　双摆角数控万能铣头

2002 年，济南二机床开始自主研发双摆角数控万能铣头。但他们发现，铣头做出来容易，突破转速却很难。转速一快，主轴因为摩擦，温度也随之升高，转速怎么也突破不了 3000 转。

当时，他们甚至尝试通过在全厂重金悬赏来解决铣头转速的问题，却始终没有答案。直到有一天，包鹏超听朋友说起乘坐磁悬浮列车的经历，悬而不离的列车让包鹏超眼前一亮，他决定一试。

打开通风装置，内部有气泡冒出，羽毛也随风飘动，他们引入了压缩气体，让密封圈与主轴之间形成气体保护膜，减少摩擦，转速轻松突破了 5000 转。

包鹏超说："实际在技术上，虽说是一层窗户纸，但是你要想突破也是比较难的。"与其说是幸运的眷顾，不如说是厚积薄发的回馈。

配备国产五轴头的机床已经广泛应用在各类行业中。

> 只有掌握核心技术，才能推动中国工业向产业链的高端延伸。

【柴油发动机——自主创新带来产品升级】

　　在山东潍坊港口，工程师正在进行一项商用重卡柴油内燃机油耗的测试。这辆标准载重30吨的重卡，配备了最新研制的热效率高达50%的柴油内燃机。

　　在第十一挡下，分别用不同速度跑3千米，计算出等速油耗。结果显示，在这台配备了50%热效率内燃机的重卡上，柴油的消耗量降低了8%。

◎　商用重卡柴油内燃机油耗的测试场景

自从 1897 年世界第一台柴油机诞生以来，全球各大公司在热效率提升上的进程十分缓慢，一百多年过去了，热效率才从 26% 提升到 46%，工程师们要破解的是世界级难题。

窦站成是潍柴动力发动机研究院（简称"潍柴"）的研发工程师，他讲述道："因为 50%（热效率）在内燃机行业中，就相当于一道山，你一直隔着很多人往上探究'更高（.的）热效率'这个梦想。"

因此，有人说，潍柴将柴油发动机的热效率提升到 50%，可以算是新一代的柴油发动机了，而突破这项难题的工程师们竟是一群平均年龄只有 32 岁的年轻人。

◎　将柴油发动机的热效率提升到 50% 的团队

◎ 正在生产的 50% 热效率柴油机

在世界内燃机工业史的长河中，中国无疑是一名"后来者"。

从 20 世纪 50 年代开始，潍柴就肩负着研发柴油发动机的使命，随着 50% 热效率柴油机的量产，突破极限的动力变革将书写全球内燃机的产业新格局。

> 作为现代工业领域的"后来者"，中国工业自主创新，稳步升级，更多的工业产品在一代代人手中完成创新蝶变。

第三节
新兴产业发生新变革

【磁悬浮列车——以点带面，形成轨道交通装备的先进制造集群】

◎ 高速磁悬浮列车

　　中国高铁已经成为闪耀世界的国家名片。而与高铁相媲美，一种更快速、更经济的交通工具，正在成为全球新的竞争高地，这就是高速磁悬浮列车。

　　2020 年 6 月 21 日，我国首列时速 600 千米的高速磁悬浮试验样车试跑成功。

◎　磁悬浮列车研制车间

　　磁悬浮列车贴地飞行的秘密，就在这个 300 米长的车间里。在安装电磁铁模块后，同性相斥、异性相吸的力量，让列车与轨道保持 10 毫米的间隙，悬浮在轨道上贴地飞行，这是不同于高铁技术的全新路径，完全由中国工程师设计。

　　磁悬浮列车使用的特制的异形玻璃，厚度为 21 毫米，安装要求非常高，一旦出现偏差，增加的风阻将消耗列车的动力，这对运行时速达到 600 千米的磁悬浮列车来说，影响是巨大的。

◎　特制的异形玻璃

◎ 磁悬浮列车安装场景

工人们正在安装的是首列工程样车，未来，它将以每小时600千米的速度奔驰。历经5年，数次更改，才确定了今天的方案。

中车四方股份公司高速磁悬浮项目技术总师丁叁叁说："到这个阶段，全尺寸的空气动力学仿真要进行优化。这个600千米磁浮的外形设计的最终产品，各项空气动力学的性能经过风洞试验、动力模型试验，都非常好。"

> " 新型磁悬浮技术的重大创新日渐成熟，今天的中国已经形成了轨道交通装备的先进制造集群。抓住全球产业转型的机遇，中国的人工智能产业也在发生新一轮的变革。 "

【智能机器人——人工智能发展新机遇】

　　一幢幢矗立的大楼组成了一片钢与铁的"森林"。深圳，一个从"小渔村"成长起来的城市。这里是改革开放的前沿，如今也是科技创新的热土，各种新兴的工业门类正在这里孕育成长。

◎　机器人"阿尔法"和机器人"悟空"对话场景

深圳市优必选科技股份有限公司（简称"优必选科技"）的创始人周剑是这些机器人的主人，他正在研发更接近人类行为的大型机器人。从小就喜欢看机器人的电影，周剑一直梦想着要把科幻电影中的机器人变成现实。"男孩子，可能小时候对汽车、机器人那种机械化的东西都比较感兴趣，我在 2008 年、2009 年突然就想，能不能把小时候喜欢的一个产品做出来。"周剑说道。

目前全球能研制大型双足仿人智能机器人的公司不多。人形机器人是工业皇冠上的一颗明珠，周剑走上了一条看不到现实利益的孤独之路，甚至为此卖掉了深圳的三套房。

周剑回忆："大概到 2013 年的时候，实在是没有东西可卖了。"当时银行也比较拒绝和周剑再打交道，周剑很难再从其他渠道去得到更多资金的支持。"那个时候对于融资也不是太懂，并不太理解如何做一个商业计划书去跟投资者谈，那就只能卖房卖车不断地做下去了。"

◎　walker 人形机器人

　　walker 人形机器人是周剑和他的团队研发的第三代人形机器人。要想让机器人像人一样直立行走，就要给它安装智能驱动关节。

　　根据优必选科技深圳研究院硬件与设计部总监范文华的介绍，"目前这一款 Walker（人形）机器人全身有 39 个自由度，机器人关节每个方向的运动，我们就叫作一个自由度。比方说这个腿部，它的髋部有三个方向可以运动，我们叫作三个自由度，膝盖有一个、脚踝有两个方向可以运动，所以一条腿有六个自由度。"

◎　伺服驱动器功率测试场景

　　实验室里，工程师们正在测试伺服驱动器的功率。为了让
walker 人形机器人走得又快又稳，首先要做的是给机器人减重。
39 个自由度对应的是 39 个伺服驱动器，它们就是机器人的关节，
这些重量占到了机器人体重的 30%，所以要给机器人"瘦身"，
就要先减轻伺服驱动器的重量。

　　范文华说："体积小、重量轻，是伺服驱动器迭代发展的一
个方向。"

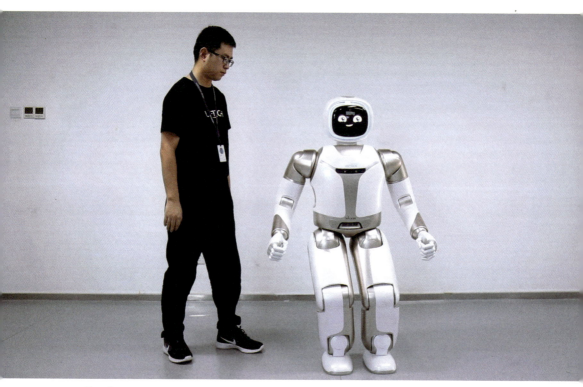

◎　第三代 walker 人形机器人

　　现在看到的第三代 walker 人形机器人身高为 1.4 米，体重减到了 70 千克。它的行走速度最快可以达到每小时 2.5 千米，接近人类行走的速度。

第三代 walker 人形机器人可以拿起桌上的饮料，这个动作看似简单，其实非常考验一个机器人的手眼协调能力。七个自由度的机械臂已经是对人类手臂的真实还原，而让周剑自豪的是，机器人上的每一个伺服驱动器都是他们自己研制的。

不到十年，walker 人形机器人不断升级，而且有了能跑起来的新一代机器人。这也得益于深圳以及周边的珠三角地区，已经形成了一条完备的产业链。

> 在开放、创新、融合的产业生态中，优化产业结构，夯实制造基础，中国正在推动制造业从大到强的转变。

周济：

中国工程院院士

中国制造业必须实现由大到强，由制造大国到制造强国，中国制造业任重而道远。以创新为根本动力，以智能制造为主攻方向，抓住新一轮工业革命的历史机遇。

　　2020 年 11 月 10 日，"奋斗者"号潜水器在马里亚纳海沟 10909 米深处成功坐底；2020 年 11 月 24 日"嫦娥五号"发射成功，挑战月球采样任务；2020 年 12 月 4 日，新一代"人造太阳"首次成功放电。

　　回望人类工业发展的进程，在机械化、电气化和信息化的三次工业革命后，新一代信息技术与制造业深度融合，正在引发影响深远的产业变革，形成新的生产方式、产业形态、商业模式和经济增长点。

◎　"奋斗者"号潜水器成功坐底

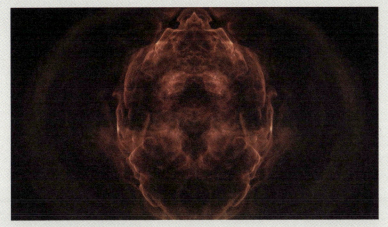

◎　新一代"人造太阳"首次成功放电

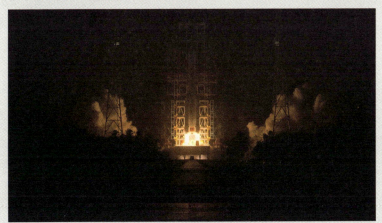

◎　"嫦娥五号"发射成功

　　动力变革与信息技术迭代，组成了推动工业浪潮滚滚向前的两个最重要的车轮。与互联网、物联网、移动通信、云计算、人工智能的风云际会，又将把中国工业引领到怎样的新境界，我们所看到的还只是梦想的起点，我们将迎接的是值得畅想的未来。

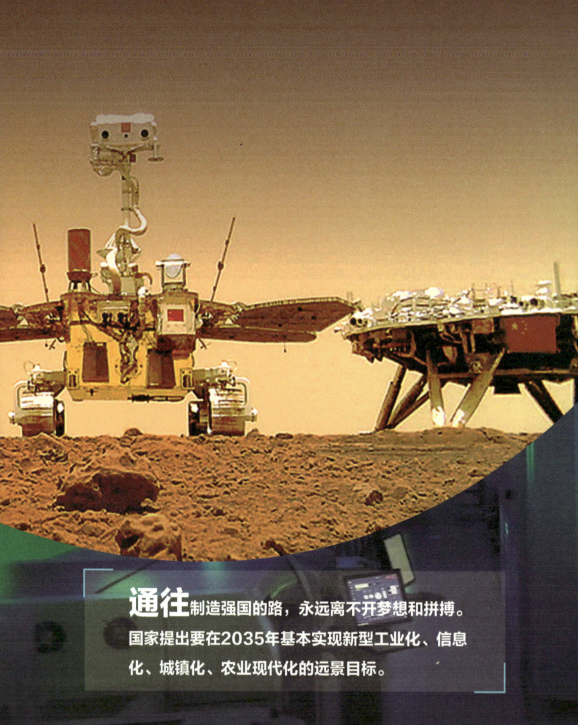

通往制造强国的路，永远离不开梦想和拼搏。国家提出要在2035年基本实现新型工业化、信息化、城镇化、农业现代化的远景目标。

第五篇　逐梦

我们正行进在逐梦的路上，

征途漫漫，唯有奋斗！

　　2021 年 6 月 23 日，中国空间站里三位航天员的"吃播"火了，他们边吃苹果边工作的镜头又"萌"又科幻。这些新鲜的水果、蔬菜都是由天舟二号运到中国空间站的，而惬意的太空生活折射出来的是中国制造的综合实力。

◎　三位航天员在中国空间站里的"吃播"

　　通往制造强国的路，永远离不开梦想和拼搏。

　　国家提出要在 2035 年基本实现新型工业化、信息化、城镇化、农业现代化的远景目标。我们正行进在逐梦的路上，更多指向未来的努力正在接续前行。

　　征途漫漫，唯有奋斗！

第一节
产业生态的重构

【新能源技术——下一轮科技革命和产业革命的突破口】

◎ 宁德

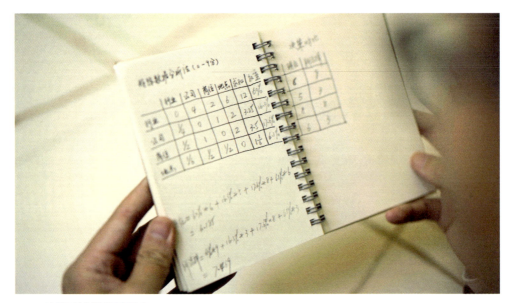

◎　喻鸿钢绘制的矩阵图表

　　"2015 年，其实我面临人生的重大选择，要不要放弃东莞的工作，到宁德去，内心非常忐忑。"宁德，去还是不去？喻鸿钢画了一个矩阵图表逐项打分，用理工男的方式做了决定。

　　喻鸿钢是宁德时代新能源科技股份有限公司电芯研发部高级经理，在 2016 年年初，他离开东莞，来到了宁德，"比较偏的一个四线小城，就是带着一股好奇，然后踏上了这片土地。"

　　宁德虽然只是福建的山海小城，但在这里，喻鸿钢感受到的是扑面而来的活力。仅仅八年的时间，从全国各地聚集了数万名像他一样的人才，吸引他们而来的，就是当今最火热的新能源产业。

　　喻鸿钢来到宁德的第一个任务，就是负责储能长寿命锂离子电池项目的技术研发。回忆当时的情景，喻鸿钢说："当时也是初生牛犊不怕虎，觉得年轻嘛，只要有新东西我们就可以去挑战。"他还说："我们是摸着石头过河，一次次遇到各种挑战，每次通过这种碰撞，一次次地去分解，然后去解决掉。"

◎　实验室场景图

　　实验室里，喻鸿钢和他的团队将充满锂离子的电芯阳极极片，放在绝热环境下进行热稳定性测试，常规锂离子电池的寿命只有3000到6000次循环，而他们将电池寿命延长到12000次循环，实现了全生命周期阳极锂离子补偿技术在储能领域的工业化应用。

"发达国家也开始大力推行新能源技术，他们本身有优秀的研发氛围和先进的工业基础，他们如果奋起直追的话，也倒逼我们更加地努力，不断地去实现下一个突破。" 喻鸿钢这样说。

历经四年，长寿命电池储能项目成功落地，取得 60 余项专利。

把这种技术拓展应用到电动汽车领域中，开发出的锂离子电池寿命能达到 16 年，总续航里程可以超过 200 万千米。

◎　全自动电池生产线

这条全自动电池生产线是宁德时代自主研发的。每1.7秒就有一块锂离子电池从这里下线，24小时不停，依然供不应求。2020年，全世界每销售4辆电动汽车，就有一辆搭载着产自这里的"动力心脏"。这座在滩涂上迅速兴起的锂电小镇，正成为全球瞩目的新能源产业聚集地。

◎ 在滩涂上迅速兴起的锂电小镇

> " 新能源技术，是下一轮科技革命和产业革命的突破口。中国正走在加速发展的道路上。 "

【智能汽车——工业化与智能技术的融合】

从材料到应用，汽车正迎来新一轮的产业革命，在突破新能源电池动力瓶颈的同时，智能驾驶和智能网联同样也是全球汽车业竞相发展的"黄金赛道"，吸引着更多的人前来逐梦。

第十九届上海国际汽车工业博览会，是 2021 年全球第一个如期举办的 A 级车展。

◎　车展上的大疆汽车模型

车展上的这个汽车模型吸引了众多参观者的目光。不过，它出自一家无人机公司——大疆创新科技有限公司（简称"大疆"）。其实，早在五年前，这家企业就布局了智能车载系统，智能汽车离不开的激光雷达、毫米波雷达等硬件的核心装置，已经实现了量产。

大疆公共关系总监谢阗地在受访时说："因为汽车消费的场景拓展到了科技领域。就是在车里面，无论是司机还是乘客，都需要更多的信息技术，需要更多的自动化技术。"

产业赛道的变化实际上预示着工业与人的关系正在悄然发生变革，这提供了巨大的遐想空间。

> "
> 多元化的创新融合，正在推动百年汽车工业迎来又一场革命。工业化与智能技术的叠加，不仅在推动工业产品的迭代，甚至在颠覆传统的工业生产方式，重构产业生态。
> "

第二节
科技创新的力量

【3D 打印——传统铸造生产的颠覆性创新】

◎　全新的 3D 打印基地

　　这是六年前在宁夏的一家铸造厂拍下的画面，粉尘、噪音，污染严重。而时隔六年再次来到这里，我们看到的是一个全新的3D 打印基地。它们，正在颠覆着传统意义的铸造生产。

　　车间班组长王建刚最喜欢在上班的时候穿一双白球鞋，这在几年前是根本无法想象的。

◎　六年前宁夏铸造厂画面

◎ 智能车间

在这个智能车间里，三名工人管理着 14 台 3D 打印机，这些打印机 24 小时作业，王建刚早上第一件事，就是取出打印好的数控机床部件砂型，就像从烤箱里取出刚刚烤好的糕点一样。

◎ 打印好的数控机床部件砂型

彭凡在脏乱差的铸造厂干了 30 多年，立志要做铸造产业的颠覆者。如今，他们正在实验室测试最新研制的树脂材料和控制软件。

一台打印机集成了上万个喷孔，喷出的树脂墨水稍微不均匀，就会影响到砂型的尺寸精度和强度。彭凡他们已经自行研制出树脂墨水材料和喷墨控制软件。

自行研制，是为了能够打印更低成本、更高质量的复杂砂型。

彭凡：
宁夏共享集团董事长

我们必须要找寻一种生产方式，或者一种颠覆性的技术，去改变，我也是在这样一种梦想的驱使下，在不断地探索（该）怎么办。

◎ 大型水电机组整铸转轮砂型打印场景

　　车间里，正在打印的是大型水电机组整铸转轮砂型。喷头射出的树脂与砂子里的固化剂在发生反应后固化，勾画出砂型截面图形。转轮砂型要通过 2000 层堆叠，每层砂子的厚度只有 0.3 毫米，只要有一层没有达到水平，之后所有的砂层都将倾斜，导致整个砂型报废。

　　16 个小时，昼夜不停，一个形状复杂、直径 4.6 米的整铸转轮砂型终于打印出来，尺寸精度误差不到 1 毫米。

　　而在总装车间里，一台铸造砂型 3D 打印设备正在进行框架总体吊装，用它可以打印一个 3 吨重的成年非洲大象模型。

◎　框架总体吊装场景

六年前，彭凡带着大家在车库里组装出第一台铸造砂型 3D 打印机，如今，他们可以批量生产铸造砂型 3D 打印设备，去改变更多的铸造企业。

"我经常问我们的干部，我们的子女将来还会干这个行业吗，没有人会举手说我会把孩子送去干铸造，可是这个行业又不可能淘汰，装备制造的零部件的 40% 到 60% 都是铸件，换句话说，离了这个产品、这个铸造，我们不可能有装备制造这个产业。唯有改变这种生产方式，才会有人干。"彭凡这样说。

目前中国有 26000 多家铸造企业，3D 打印和人工智能颠覆的不仅仅是一两家工厂，而是整个行业。彭凡仍然奔走在逐梦的路上。

> " 让曾经需要汗水和体力的生产充满智慧，这是中国制造迈向高端的必然路径。在各种创新的尝试中，很多传统产业触摸到了世界最新的潮流。 "

【无人机——以科技服务三农】

闫文炯是皖老 K 飞防队总调度，从部队退伍回乡后，他迷上了玩无人机。没想到这份爱好开启了他的事业，田间地头成了他新的战场。"它能让我真正地把爱好当成了职业，得到了家里的支持，得到了朋友的认可。"

2018 年，闫文炯从自己买的两台机器干起，现在他的团队已经发展到近五百人、400 多架无人机。

"所有飞手注意，作业参数高度 1 米 8 至 2 米 2，仿地、速度 6 米，喷幅 4 米 5，开始作业。"闫文炯下达命令。

这个地区小麦赤霉病统防统治总面积为 150 万亩，闫文炯带领 13 个作业队，每天有 200 架飞机同时作业，一天就能完成 10 万亩的植保任务，过去这样的工作需要上千人花 10 天时间才能完成。

◎　小麦赤霉病统防统治作业场景

　　"我们这个有科技、有机械，有更年轻的力量，可以做更大的事情，研究更多的科技来服务三农。"支撑闫文炯去实现梦想的，是他身后的科技力量。继农业植保无人机之后，广州极飞科技股份有限公司（简称"极飞科技"）又设计制造出全球首款量产的农业无人车平台。

◎　　农业无人车平台

彭斌：
极飞科技创始人

咱们国家农业现代化的过程，急需更多的科技产品来解决现在农村劳动力的变化的问题。我相信这项技术也会走向全世界，去改变其他更多的国家，完成一次新的农业的创新革命。

◎　农业无人车作业场景

　　如今，这款农业无人车能根据不同的农事需求，设置不同的作业模式，在智能控制下，无人化精准作业，成为"农田里的变形金刚"。

> 科技进步推动着传统农业向现代农业跨越。与此同时，信息化、智能化的生产方式向各领域加速融合，重新改写着发展的光谱。

【PET-CT——融合中国创新的高端产品】

　　刘伟平是上海联影医疗科技股份有限公司分子影像事业部项目经理，他每天上班关注的第一件事，就是了解晶体的长势。

　　车间里成排的装置，是生长硅酸钇镥晶体的铱坩埚，这种晶体熔点高达 2100 摄氏度，生长周期超过 15 天，炉膛内瞬时千分之一的温度波动，就可能导致晶体内部形成缺陷。

◎　铱坩埚

这家企业培育出的晶体尺寸和性能都位于世界前列，它是制造数字光导探测器的核心材料。在刘伟平的描述中，"光导的技术，也就是说它是把伽马射线转化为可见光，可见光通过一个光路，传导到我们的一个硅光电芯片上，探测这个光的信号。"

刘伟平所在的公司，要基于自主研发的数字光导探测器技术，制造一台 2 米的 PET-CT，实现全身信号一次覆盖。这是一次前所未有的挑战。"它的难度你可以认为就是普通 PET-CT 十倍的部件数量、四十倍的灵敏度的提升。我们大概分析有 100 倍的计算量的提升。"

从晶柱到晶体阵列，要经过七道工序的切片、打磨。一台 2 米 PET-CT 安装 8 个单元共 192 个探测器模块，需要 564480 根晶体单元。"很重要的就是保证 56 万多根晶体生产是一致的，组装是精确的，整个光路是可靠的，能够被我们的硅光电芯片均匀地探测出来。"

车间里，PET 探测器正在安装。这 192 个探测模块必须精准地组装到一起，以确保 56 万多个 PET 探头能获取近 1000 亿个编码通道的准确信号。这是第一台能够实时动态监测药物在人体全身代谢分布的高端医疗设备，被称为"人体哈勃望远镜"。

◎　PET 探测器安装场景

王超：

上海联影医疗科技股份有限

公司分子影像事业部总裁

所有人都很激动，因为在
人类历史上从来没有过。
这就体现了中国制造。不
但是中国制造，还是（有）
中国创新在里面的一个高
端产品。

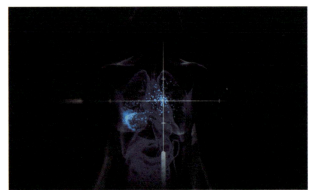

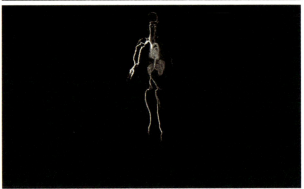

◎　动态的图像素材

　　刘伟平表示："这应该是人类历史上第一次捕捉到以那么高
时间精度做的一个动态的图像。整个过程，像一个电影一样，非
常好地呈现在我们每一个工程师的面前，当时还是非常兴奋的。"

　　上海中山医院，世界首台2米PET-CT已经开始为患者服务，1分钟就能完成一次全身PET扫描。它不仅让医生实现对重症患者的精准诊疗，也给新药研发等一系列领域打开无限可能的大门。

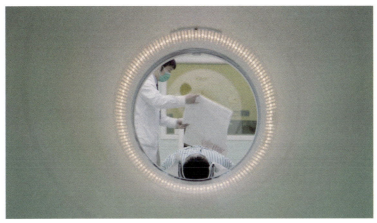

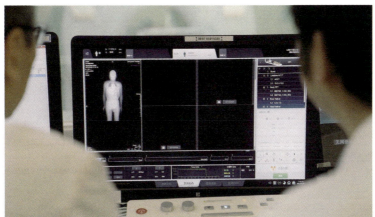

◎　世界首台2米PET-CT工作场景

> 　　行走在科技创新的前沿，宛如行走在没有路的无人区中。只有对未知世界进行大胆探索，才可能实现从0到1的跨越。

第三节
战略性新兴产业的基石

【纳米银线——导电新材料】

◎　纳米银线

这些顺水游动的银白色线条，是潘克菲团队自主培育的纳米银线。

在 39 岁的时候，潘克菲回国创业，落户苏州工业园，他要做导电新材料。刘伟平培育的是晶体，而潘克菲培育的是银离子。

潘克菲说："这个就是我们做纳米银线的原材料，它已经是一个银盐了，那我们接下来的工序就是要把银盐还原成银金属。"

◎　潘克菲和培育纳米银线的原材料

潘克菲：
苏州诺菲纳米科技有限公司董事长

这个材料有点像女孩子的头发，又长又细，它实际的直径是头发丝的万分之一，所以只有大概20纳米。

在电子显微镜下放大10万倍，我们看到的纳米银线像线团一样交叉纵横，它的长度是直径的1000倍。

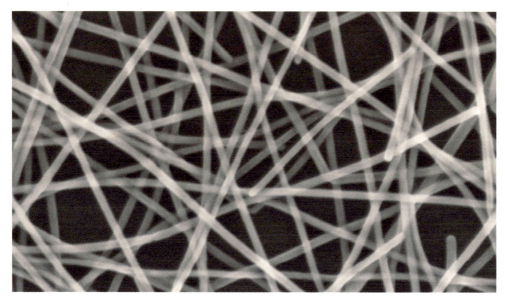

◎ 放大10万倍的纳米银线

2015 年，他们用自己攒的机器、自己设计的卷对卷涂布工艺，终于生产出纳米银导电膜。

◎ 纳米银导电膜生产场景

> 钢铁、水泥是传统工业的重要基础，新材料就是发展战略性新兴产业的基石。在从制造大国向制造强国迈进的征途上，材料创新正在推动着高质量发展的脚步。

【 "澎湃" ——中国工程师自行研制的芯片 】

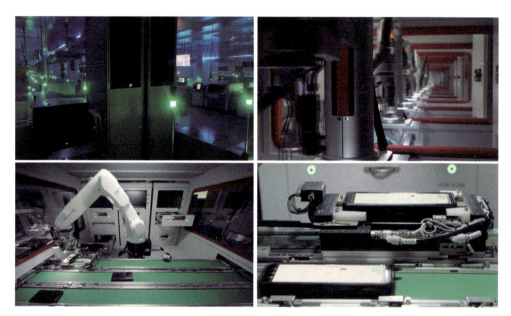

◎　智能手机生产线

　　这是一间不开灯的工厂，没有人头攒动的生产线工人，只有闪烁不停的信号灯提醒我们，生产线正在热火朝天地运转，24 小时不停，一天能产出数千台智能手机。而生产线上的智能手机搭载了中国工程师自行研制的芯片。

2019 年，在北京清河的一栋大厦里，左坤隆博士带领着一个上百人的团队，开始了芯片的研发。他们第一个目标是研发一款手机的图像处理芯片。

要测试手机的图像质量，就要在指甲大小的空间里，放置上亿个半导体元件，每个元件都是纳米量级的，试错成本高，排错难度大。

从这款芯片设计开始，各种试验已经重复了上千次。"经过（了）很多次的调整，调整完再去对比，对比后又去调试参数，（通过）这样一个循环往复的过程，去提升我们这种拍照效果。"

左坤隆：

小米集团 ISP 芯片架构师

如果我们不投入制造，不投入芯片设计，那么以后我们面临的就是我们可能掌握不了这个数字世界的钥匙（的局面）。

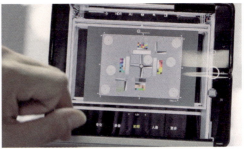

◎　测试场景

◎ "澎湃"芯片

2021年3月30日，这颗取名为"澎湃"的芯片终于公开亮相，虽然这不过是一颗辅助用的影像芯片，但也足以让人心潮澎湃。

小小的影像芯片，只是一个起点。放眼整个芯片领域，仍然任重而道远。就像左坤隆说的："我们还是要以这个为起点，重新出发，回到手机核心的'心脏器件'——SOC芯片的设计制造中去。"

> 物联网的快速发展，离不开芯片技术的大范围开放式应用，万物互联正在改变着我们的生产和生活方式。

第四节
工业实力的持续提升

【智能房车——智能生活的美好体验】

在距离北京 400 多千米的乌兰察布察右后旗，智能工程师们要对改造后的房车进行实地测试。

小米科技有限责任公司 AIot 产品经理罗旋表示："我们之所以来到这个环境测试，是因为这里的天气多变。（我们要测试）这里恶劣的天气会不会对设备联动造成影响。"

◎　房车实地测试场景

◎ 进入房车的身份验证

从进入房车的身份验证，到自动感知空气湿度打开加湿器，感知温度开启空调，工程师们把这辆房车变成了移动的互联之家。

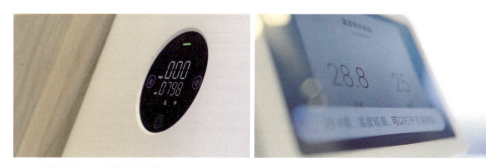

◎ 空气湿度和温度的自动感知

　　"能不能让我们在家的体验是覆盖到所有地方的，而不是我出了家就感受不到智能生活了。所以把智能房车改造成可以跟家里的环境一样，那即使我开出去了，也能感受到智能生活带来的方便。"罗旋从小生活在农村，那时候他就有许多关于智能生活的奇思妙想，而现在，他和小伙伴们在一点一点实现着儿时的愿望。

　　罗旋表示："算是一个小小的梦想实现了，而且是我自己亲手往这个方向去推进的。" 罗旋团队的下一个目标，是要解决在没有网络的情况下，智能设备利用离线模式实现联动的问题。"未来就是希望这些设备是有自己的学习能力的，我们正在往期待的方向一步一步前进。希望让更多的人感受到智能生活带来的美好体验。"

　　万物互联、智能生活，追求梦想的脚步一直在路上。

【火星车——航天梦想的又一次跨越】

　　2021年5月15日8点20分，"天问一号"携"祝融号"火星车成功着陆火星乌托邦平原南部。它在火星上第一次留下中国足迹，不仅标志着中国人的航天梦又向前跨越了一大步，而且再次展现出中国工业的强大综合实力。

◎　"天问一号"携"祝融号"火星车成功着陆

孙泽洲：
天问一号火星探测器系统
总设计师

火星几个月可以到达，未来的木星要几年到达，甚至更远的时间会更长。团队的年轻人，我觉得他们会更好地担当起后续深空（探测）发展的担子和责任。

而此时，"天问一号"火星探测器系统总设计师孙泽洲和他的团队仍然坚守在岗位上。"我们地面，把要做的工作的目标，通过这个指令上到火星车上去，火星车完成这个指令目标的工作，再把它完成的结果传到地面。"

火星探测是中国迈向深空的第一步，中国航天逐月追星，步履从未停歇，未来还将开展载人登月，并准备去探测远在 7.8 亿千米以外的木星。

> " 定义未来的永远是人。从星际探测到智能制造、新型材料、绿色能源，还有更多从未抵达的远方，召唤这些年轻人展开想象，付出努力。"

回望历史，在中国共产党坚强领导下，历经百年奋斗，中国实现了从落后的农业国向世界第一制造大国的跨越。一个现代中国，在历史的翻转与超越中踏浪而来。

　　用历史映照现实、远观未来，在全面建设社会主义现代化国家的新征程上，不忘初心、牢记使命，坚定推进制造强国和网络强国建设，加快实现新型工业化，为实现中华民族伟大复兴的中国梦筑牢强国基石！

当前，以互联网、云计算、大数据、人工智能为代表的新一代信息技术，正加速向实体经济领域渗透融合，全要素、全产业链、全价值链的全方位连接的工业互联网应用，开始颠覆传统制造模式、生产组织方式甚至是产业形态。

第六篇　展望

展望中国工业的未来，

奋斗永远在路上！

中国智造，与世界共赢

——专访徐工集团工程机械股份有限公司董事长、党委书记　王民

记者： 您如何看待当前我国经济发展形势，以及企业面临哪些机遇？

王民： 全国抗疫斗争取得重大战略成果，虽然受到国际环境复杂严峻、国内疫情汛情冲击的影响，但是我国经济稳中加固、稳中向好，工程机械行业也在恢复发展中，质量和效益持续提升。

行业报告显示，上半年行业 8 类主机销量同比增长 32.9％，徐工同比增长 43.3％，增幅超出行业 10.4 个百分点。徐工的履带起重机、随车起重机等 13 类产品保持国内行业第一，其中包括旋挖钻机、压路机、平地机，销量均位居全球前三，轮式起重机、水平定向钻居世界第一。

对于未来，我们信心十足。我国经济稳中向好、长期向好的基本趋势没有变也不会变，这为企业实现高质量发展提供了良好环境。目前，我国已成为全球工程机械产业最大的市场。庞大的市场规模、千变万化的应用场景，让我们的技术创新能够及时、快速地被大量的实践所检验，从而加快迭代升级、提升水平。我们将以"一根筋"精神坚守主业，不断深化改革，不断突破"卡脖子"的核心技术难题，重点推进高端液压阀、新型传动件等关键零部件研发，孕育出更多突破性、实质性的创新产品。同时，放眼全球，积极到国际市场打拼，努力提升国际竞争力。

记者：从工程机械角度看，您认为我国制造业存在的主要短板是什么？制造水平提升存在哪些重要契机。

王民：制造业是实体经济的主体，是立国之本、强国之基，从根本上决定着一个国家的综合实力和国际竞争力。对于我们这样的大国而言，没有强大的、高质量发展的制造业，工业化和现代化的奋斗目标就难以实现。

党的十八大以来，我国工业经济规模持续扩大，质量效益不断提升，创新能力显著增强。但与发达国家相比，我国工业大而不强的问题依然突出，面临发达国家"再工业化"抢占新兴产业主导权和传统制造业向其他发展中国家转移的双重挤压。

与此同时，以互联网、云计算、大数据、人工智能为代表的新一代信息技术，加速向实体经济领域渗透融合，全要素、全产业链、全价值链的全方位连接的工业互联网应用，开始颠覆传统制造模式、生产组织方式甚至是产业形态。

我认为，对于中国制造业来说，数字化、信息化带来的变革是我们的短板，但同时也是我们的机遇所在。

习近平总书记指出："进入 21 世纪以来，全球科技创新进入空前密集活跃的时期，新一轮科技革命和产业变革正在重构全球创新版图、重塑全球经济结构。"抓住新一轮科技革命和产业变革的重大历史机遇，推动互联网、大数据、人工智能和实体经济深度融合，支撑先进制造业发展，推动传统产业优化升级，不仅是我们化解制造业现实压力的关键一招，更是摆脱我国制造业长期处于产业价值链低端局面、向高端迈进的必由之路。

记者：徐工抢抓新一轮科技革命和产业变革机遇，以数字化、网络化、智能化推动制造业转型，有哪些好的经验和启示？

王民：在中国工程机械产业转型升级、中国工程机械制造商进入全球第一阵营后，整个市场的竞争一定会从价格、市场层面，转到更高层次的创新、技术、产品、品牌和用户价值创造层面，这是产业客观规律的要求，也是时代的要求。

在全球掀起巨浪的信息化、数字化、智能化竞赛中，依托本土相关行业的先发优势，中国工程机械制造商一起跑就是第一方队。徐工在这些方面应该说有很清晰的定位，也做了很扎实的工作。

徐工结合客户价值和企业价值，凝练创建、推广"徐工'技术领先、用不毁'助您成功"质量管理模式，也包含着对智能化、工业互联网等全球革命性技术趋势的把握和布局。

基于战略和未来，我们提出了徐工"智造4.0"的数字化转型建设的模式，传承了徐工光荣传统，彰显了徐工独有特质，更突出的是"智造"的务实和价值，也体现了阶段发展，具有科学性、成长性。

我们认为，徐工的发展就是数字化驱动、智能化引领，全面赋能产业链和供应链。树立与数字化时代与时俱进的"产品观、智造观、服务观、客户观"，是企业发展的生命线。我们理解的数字化转型，与其他企业最大的不同就是以客户为中心，全方位助力客户成功，其基础是回归企业价值链的本质，前提是产品技术创新，核心是向用户提供"技术领先、用不毁"的智能产品。要通过研发数字化、制造的数字化和服务的数字化，真正打造出高端智能的数字化产品，从而推动企业高质量发展。

今年9月，徐工重型入选工信部大数据产业发展试点示范项目，也是行业唯一一家入选项目。从前端的徐工重型的工程机械行业首个下沉MEC5G独立组网的全价值链工厂，到孵化出无人驾驶压路机集群、5G遥操大型智能矿用设备等智能化产品机群，再到服务用户的 X-GSS 数字化备件服务系统、挖机智能 e 购平台，我们在无人化、智能化、5G 技术运用上，走在了全球最前列。

....

记者：今年是"十四五"的开局之年，在构建新发展格局的过程中，徐工将如何把握机遇、实现高质量发展？

王民：自"十三五"以来，徐工一年一大步、连续突破千亿大关，不仅实现了高质量发展，还引领带动行业实现高质量发展。今年是"十四五"开局之年，我们确定了"十四五"发展规划，明确了新的战略定位："数字化、国际化、世界级"。相比于"十三五"，重点强调"数字化"。国际化一直是我们的主战略，一手牢牢抓住国内超大市场的发展机遇，着力提升我们的技术创新水平和能力，创新打造出更多有自主核心技术的高端工程机械产品；一手迅速开拓国际高端的工程机械市场，快速提升徐工的国际化水平和国际市场的占有率。

也就是说，国内市场是我的大根据地，必须做好，同时，企业一定要大踏步勇敢、智慧地走向全球，这样中国的工程机械企业才能真正抓住机遇，才能真正提高自己，改变自己。现在包括徐工在内的中国工程机械行业，国际化率都是比较低的，高的时候是 30%，这几年国际市场恢复起来很乏力，国际化率又开始下降，仅不到 20%，这是我最关注的一件事儿。

所以就要努力在未来五年，坚定不移冲向国际市场，成为国际市场有口皆碑的大品牌，徐工真正的成功就是那个时候，现在还在路上。这就要求我们继续实施技术创新与国际化两大主战略，持续加大关键技术、核心零部件研发投入，努力占据全球产业技术制高点。

同时，徐工要利用好混合所有制改革的机遇，以改革应对变局、开拓新局。2020 年，徐工成功引进 16 家新股东，完成引资 210 多亿元。未来，我们将努力完善治理、强化激励、突出主业、提高效率，推动混改落地见效。

记者：未来进一步国际化实现海外销售大幅提升，以及 2025 年进入世界前三的目标方面，徐工目前进展如何？下一步会重点从哪些方面努力？

王民：78 年苦难辉煌历程，徐工一直走在行业发展的最前列，连续 32 年始终保持中国工程机械行业第 1 位，从 1999 年排在全球 50 强榜单第 29 位，到 2017 年习近平总书记考察时位列全球第 7 位，现如今跻身全球行业第 3 位，进入到全球"第一阵营"。我们很骄傲，作为中国装备制造"国家队"，领军中国企业跻身世界工程机械"豪华俱乐部"。徐工的产品已经出口到 187 个国家和地区，覆盖"一带一路"沿线 97% 的国家，35 国出口占有率居第一，年出口总额和海外收入持续居中国行业第一。

目前中国工程机械的台量规模空间已经基本见顶，但行业价值空间的提升潜力巨大，那就是开拓国际市场，甚至到跨国公司盘踞的地盘闯出一片天地。世界舞台很大，徐工不能缺席，目前徐工海外收入占比不到 20%，未来目标是翻一番。

工程机械产业是一个世界性的产业，中国的企业要成为世界级的企业，必须走向全世界，我们在"一带一路"的沿线国家，应该占我们总的出口收入大概 60% 以上。我们非常看好美国、欧洲等高端市场，会注重在一些发达国家高端市场取得高端用户的信任。所以我们在注重国内市场，做实做优、做强做大国内市场的同时，加速布局海外市场，加速走向全球。

在"十四五"期间，我们会努力使国际化收入占到 40% 以上，有近一半的收入来自海外，那时候徐工可以说是一个真正的国际化公司，而且在海外有自己的朋友，有自己的巨大的网络，流转都非常顺畅的一个网络体系。有很多的忠诚客户，有快速响应的机制和一支队伍，有多种文化多种语言构成的当地化的研发、制造、销售、服务的人才支持，到那时，XCMG 这个品牌就更为家喻户晓了。

　　记者：今年徐工多次提到了"登顶精神"，可以看出徐工全体员工已经做好了冲击顶峰的准备。请您从战略层面谈一下徐工为此制订了怎样的登顶路径？

　　王民：徐工有很多深入到干部职工血液里的战略要求和经营理念，如"技术领先、用不毁""登顶精神""大器文化""三高一大""三高一可"。现在看峰顶比较清楚，道路应该要怎么走，还有多少困难，目标明确，意志也比较坚定。过去是在山底下，云雾缭绕，在摸索、学习、探索，而现在发展的路就比较清楚，理念也发生了变化。徐工要做一个国际化、世界级企业，这已经不是一句空话，而是以后十年要做的事情，时间很紧迫，十年一转眼就过去了。

　　在 2017 年习近平总书记视察徐工时，我代表 27000 名徐工人向总书记郑重汇报"前五前三、珠峰登顶"的战略目标，总书记对徐工寄予殷切厚望，这些年党和国家也在关注着徐工的发展。

　　我们形成"登顶精神"、登顶战略目标，更加激励全体徐工人清楚自己的位置和追求，同时也建立了很好的技术路线、管理模式。"制造强国"是国家战略要求，到 2035 年要建造一批具有世界级实力的强企，徐工肯定也在其中，我们是有目标引领的。中国人、中国工程机械是很有创造力的，能够把握住自己的命运和前途，我们既不妄自尊大，也不妄自菲薄，我们的"登顶精神"（一根筋坚守、一种激情创造、一份清醒奋斗，对党忠诚、为国争光，登顶全球工程机械产业珠峰），包含了我们所有的内涵。

　　全球赛道比中国本土市场挑战更多、更大，我们要对竞争心存敬畏，我们要有足够的定力，夯实基础，高举高打，追求更高质量发展。我们设定了"珠峰登顶三步走"战略目标，也就是徐工的登顶路径：第一步"一年前五"，已经实现了。第二步"五年前二"，2025 年前持续保持中国工程机械第一，主要指标要保质保量地进入全球工程机械前两强，就是"中国第一、世界第

二"。第三步"十五年登顶"，2035 年前主要指标力争做到全球行业"珠峰登顶"，规模效益、产品水平、技术质量、国际竞争力全面登上世界"工程机械珠穆朗玛峰"的最高峰，真正打造成基业常青、世界一流的百年徐工。

创新引领，
让全球共享美好科技未来

——专访小米集团董事长、CEO　雷军

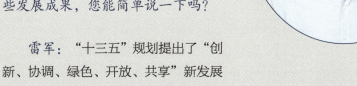

记者：在"十三五"期间，小米集团（简称"小米"）取得了哪些发展成果，您能简单说一下吗？

雷军："十三五"规划提出了"创新、协调、绿色、开放、共享"新发展理念，这也是"十三五"规划最核心的内容，其中让我感触最深的是，"创新"这一点被摆在了首位。

小米成立于 2010 年，11 年前我们十来个人，在一间很小的办公室里开始创业，立志要做全球最好的手机，但只卖一半的价格，这一点是必须通过创新才能实现的。小米凭借"硬件 + 软件 + 互联网"这一创新的商业模式，仅用三年时间就登上了国内手机市场占有率首位。

事实上，2016 年的小米面临不少困难，而"十三五"规划的提出让我倍感鼓舞。我们拿出当年创业的劲头，我亲自带队，掌管手机部，整装再出发，重新踏上激情燃烧的创业征程。之后每年我们在研发方面的投入持续加码，去年已经近百亿元，今年至少再增 30% 以上。在手机影像技术、快充技术、

人工智能、物联网平台等方面拥有了世界领先的水平，这些都是和创新分不开的。我们会继续高举创新的旗帜，奋斗不止、砥砺前行。

2020 年是"十三五"的收官之年，也是小米艰苦创业的第十年，回望"十三五"这五年，我们不仅拿出重新创业的精神不断"补课"，夯实基础，同时大力推进研发创新，积极推进新零售，推进商业领域的效率革命。在这期间，小米也有了显著成长，我们成功在港交所上市。2019 年，我们创业仅九年就成为世界五百强榜单上最年轻的公司。去年小米正式宣布了永不更改的三大铁律：技术为本、性价比为纲、做最酷的产品。这三大铁律无一不和创新有着密切的联系。今年二季度，我们智能手机销量也首次超越苹果，成为世界第二。

⋯⋯⋯⋯⋯⋯⋯⋯⋯⋯⋯⋯⋯⋯⋯⋯⋯⋯⋯⋯⋯⋯⋯⋯⋯⋯⋯⋯⋯

记者：今年是"十四五"开局之年，对于"十四五"，小米集团有哪些发展规划？

雷军：2021 年十三届全国人大四次会议表决通过了关于国民经济和社会发展第十四个五年规划和 2035 年远景目标纲要的决议，我作为全国人大代表有幸参与了规划和纲要的审议和讨论。

其中，"坚持创新驱动发展 全面塑造发展新优势""加快发展现代产业体系 巩固壮大实体经济根基""形成强大国内市场 构建新发展格局""加快数字化发展 建设数字中国""推动绿色发展 促进人与自然和谐共生"等章节让我印象深刻，备受鼓舞。

规划和纲要还对中国未来国民经济的发展目标提出了具体的量化标准，像是数字经济核心产业增加值占 GDP 的比重要从 7.8% 增长到 10%，可以说，科技创新、数字中国将成为未来中国经济发展的"主旋律"。未来，在规划和纲要的指引下，小米也将在创新研发、智能制造、人才激励、全球化等方面贯彻落实规划纲要，实现高质量发展。

在创新研发方面，小米始终高度重视创新研发的投入，自2017年以来，我们研发投入的年复合增长率超过43%。2020年，小米的整体研发投入接近100亿元。2021年，我们还会加大投入，预估将在2020年的基础上再增加30%~40%。今年第二季度，我们的研发开支就达到了31亿元人民币，同比增长了56.5%。可以肯定的是，未来五年我们会一如既往地加大研发投入。

高投入也让小米的技术储备始终处在行业领先水平，一大批小米自研、与全球伙伴共研及全球首发的技术贯穿于我们全年的产品之中。这些新技术也成为每次发布会全球用户期待和行业关注的焦点。

在智能制造方面，小米模式的核心是追求效率。在创业至今的十年多时间里，我们用小米模式在生产和流通领域大大提高了效率，未来我们要在制造领域进一步提高效率，这就需要向制造业的上游延伸，做"制造的制造"。在这种情况下，我们做了智能工厂。目前，我们在北京亦庄和昌平布局了两座小米智能工厂，其中昌平二期在不久前开工建设，未来规划产能是年产高端手机1000万台。

值得一提的是，小米智能工厂绝大部分设备都是小米和小米投资的企业自研的。我们在智能工厂里充分验证后，这些设备赋能整个产业，就可以提高整个制造业的效率。

在人才激励方面，没有顶尖人才，创新就是无源之水和无本之木。小米现在有一万多名工程师，"工程师文化"是小米的核心基因。去年，我在小米十周年之际提出，要让小米成为全球工程师向往的圣地。我们很多产品，如MIX全面屏手机、仿生四足机器人Cyberdog，都是出自工程师的想法，我们为这些大胆的想法倾注全力予以支持。

此外，我们会给工程师良好的待遇和崇高的荣誉。例如，从2019年开始，我们内部设立了百万美金大奖，专门奖励在技术上有重大突破的不超过10人的小团队。目前已经有众多技术团队脱颖而出。这项奖励已经颁发了两届，已经有三个团队获得了100万美金的股票激励。

今年 7 月，我还在小米内部牵头发起了青年工程师激励计划，目的就是激励那些优秀的青年工程师人才。第一批一共有大约 700 名优秀青年工程师入选，总共获得了一千多万股的股票。他们当中有研发工程师、测试、产品经理、设计师等，都来自一线，其中最小的入选员工才 24 岁。今年我们还会扩招 5000 名工程师，聚拢最顶尖的人才，"死磕"硬核科技。

在全球化方面，过去十年，小米的全球化拓展与新零售渠道变革成为我们拿下全球第二的重要推力。我们在拉丁美洲同比增速超 300%，在非洲超过 150%，在西欧增长超过了 50%。如今，小米手机已经进入全球 100 多个国家和地区，在 22 个国家和地区排名第一，欧洲市场排名第一。

在百年未遇的全球大变局、大机遇之际，我们要做的始终是在全球利益共同体这一前提下，坚持打铁还须自身硬，不断以感动人心、价格厚道的好产品，让全球每个人都能享受科技带来的美好生活。经过十年多发展的小米已经今非昔比，我们拥有 3.6 万名员工，在全球范围内拥有超过 4 亿名用户，我们的研发实力越来越强，小米模式在全球都得到了验证，中国制造也一定能够在全球崛起。我们胸怀强大的信心，向在三年内拿下全球智能手机出货量第一的目标发起冲击，请大家拭目以待。

创新求"变" 勇做行业领先者

——专访特变电工股份有限公司党委书记、董事长 张新

在距离乌鲁木齐约 40 千米的昌吉市，坐落着中国重大装备制造业的核心骨干企业——特变电工股份有限公司（简称"特变电工"）。

在 33 年的时间里，通过自强不息，创新求变，特变电工从一个资不抵债、濒临倒闭的街道小厂，成长为我国输变电制造行业的龙头企业，变压器产品研制能力和产量双双位居世界第一。此外，特变电工还是我国大型铝基及铝电子新产业研制基地、大型太阳能硅基材料及光伏系统集成商。在实现了装备中国的梦想后，特变电工更是在装备世界的舞台上有了一席之地。

记者：特变电工从祖国西部边陲小镇起步，发展到今天承担国家"一高两新"三大战略性新兴产业的高新技术企业集团，您认为靠的是什么？

张新：经济发展电力先行。特变电工的发展是我国电力装备工业由小到大，由弱到强，由落后到追赶、并跑再到领跑，由引进、消化、吸收，再

到自主创新、引领发展的缩影和真实写照。在我看来，特变电工的发展，首先是得益于我国改革开放经济高速发展，特别是中国电力工业跨越式发展的好时代。

在 1988 年特变电工创业之初，我国的电力装机只有 1.15 亿千瓦，最高电压等级只有 220 千伏，受技术和能力限制，尚未形成全国联网。到 2020 年年底，我国的电力装机已超过了 24 亿千瓦，形成了以 1000 千伏特高压交流、正负 1100 千伏特高压直流为核心的世界上发电规模最大、电网等级最高的国家主电网网架。发电技术和规模也从低电压、小容量的区域发电电机，发展成为代表世界发电领域最高技术和能力的百万千瓦大型火电基地、大型水电基地、大型核电基地及大型风光互补的新能源发电基地。33 年中，电力装机增长了 20 余倍，电压等级更是从普通的 220 千伏高压，跨越到了 500 千伏高压电网、超高压及特高压的时代，伴随着三峡工程、西电东送、特高压交直流电网建设等一大批国家重大工程、重点项目，我国在电力领域里，发电、输变电、配电、送电等装备制造能力均已达到世界领先水平，领跑世界绿色节能智慧创新能源发展。

习近平总书记指出，制造业是立国之本、强国之基。经过四十多年改革开放，特变电工始终坚持走自主创新之路，特变电工人靠着产业报国的共同理想，靠着创新求变的坚定信念走上了高质量发展之路。从 1988 年创业之初，我们就确定了产业报国的共同理想，1996 年我们又提出立足新疆、面向中国、面向世界发展的"一个立足，两个面向"战略部署，到 2004 年，随着我们开始参与并承担包括特高压交直流，百万千瓦大型能源基地建设的一系列创新领跑工程，我们又提出了"装备中国、装备世界"的发展理念，是这些产业报国的共同理念，给了我们战胜前进道路上困难和挫折的力量和勇气。创新求变，主要体现在特变电工发展过程中，一直在与时俱进地主动推进"科技创新、管理创新、机制创新、体制创新、文化创新"五创新工程，本着"多创造多分享"的理念，以业绩为导向，构建起按劳、按资、按智、按贡献为标准的激励机制。当前正在落实习近平总书记在中央人才工作会议中的讲话精神，着力构建体现技术、知识等创新要素价值的收益分配体系。

习近平总书记指出，装备制造业是国之重器，是实体经济的重要组成部分，国家要提高竞争力靠实体经济，装备制造业是工业的以及和国民经济的生命线，是为各经济部门提供装备保障的行业，其技术领先水平及科技创新能力，直接影响我国经济全局的高发展。特变电工正是靠科技创新、人才战略实现跨越式发展。以变压器产品为例，特变电工成功开发出来正负 1100 千伏特高压直流变压器产品，就可以通过在新疆建设百万千瓦大型坑口煤电基地，通过特高压直流电网，将清洁的电力送到 3400 千米以外快速发展的长三角经济主战场，实现了"煤从空中走，电送全中国"的东西部协同可持续发展战略。我们每年将销售收入的 4% 投入到科技研发中，先后承担了国家 863 课题、重点研发计划及地方重大专项等科研创新项目百余项，实现 126 项自主技术重大突破，其中 65 项为世界首创、61 项为国内首台套。累计获得专利、技术秘密、软件著作权等超过 1600 项；参与了国内外标准制修订 210 项，其中包含 IEC 两项。先后荣获我国科学技术领域最高奖项——国家科学技术进步特等奖 2 项、一等奖 4 项、二等奖 2 项，中国机械工业科技进步特等奖 8 项，荣获各类省部级科技进步奖及专利奖 234 项。

"功以才成，业由才广。"世上一切事物中人是最可宝贵的，一切创新成就都是人做出来的。创新之道，唯在得人。特变电工在 33 年创业发展过程中，一直探索构建"人企共赢、共同发展"的用人机制、"竞相成长、各展其能"的激励机制、"有利于各类人才脱颖而出"的竞争机制，努力培植好人才成长的沃土，让人才根系更加发达。如果说过去取得了一点点的成绩，完全得益于在特变电工发展过程中一直在努力建设与企业发展相适应的人才队伍。未来能否继续成功，关键仍在于科技创新能力的建设，这背后一定是与之相匹配的创新型人才团队高质、高效建设。

记者： 特变电工在走出去的过程中不单单获得经济效益，同时也维护了国家形象，为国家赢得了荣誉，怎么理解这样一个战略布局？

　　张新：习近平总书记指出：秉持共建共商共享原则，把中国梦同沿线各国人民的梦想结合起来。"一个立足，两个面向"的发展战略，让特变电工从 20 世纪 90 年代就开始了国际化发展的探索。我们的国际化道路经历了借船出海到自营出口，从产品输出、技术输出、成套项目解决方案输出，到海外投资制造业基地建设、能源及资源基地建设的过程，25 年的国际化探索也是中国企业在这一时期伴随国力强大和竞争力提升而走出去的一个缩影。当然我们国际化发展最快的时期是近 8 年，得益于习近平总书记提出的"一带一路"伟大倡议，得益于构建人类命运共同体的中国方案，我们有幸成为这一战略的推动者、实践者，也是受益者。

　　在走向国际之后，第一感觉就是我们所有的作为不仅代表企业，更代表国家。8 年来，在上合组织框架下，我们攻坚克难，在平均海拔 3500 米以上的帕米尔高原上，帮助塔吉克建成了贯通南北的 500 千伏电力大动脉，构建了塔吉克经济发展的基础。我们还创新资源换项目发展模式，及时帮助塔吉克解决了首都杜尚别冬季零下 40 摄氏度没有取暖保障的难题，塔吉克拉赫蒙总统在 2013 年上合组织塔吉克峰值期间，专门向习近平主席高度评价了项目惠及塔国民众的福祉，表达了对中国政府的感谢之情。8 年来，本着共商、共建、共享的原则，中国支持亚洲、非洲、独联体等地区广大发展中国家加大电力基础设施建设力度，将世界经济发展红利不断输送到这些发展中国家；我们有幸承担了吉尔吉斯国家电网、蒙古国家主电网、安哥拉沿滨联网、东非及西非电网联网部分工程等，以及一带一路沿线 30 余个国家的国家主电网工程，以中国先进的电力标准、技术和服务，为当地民众送去光明，极大地改善了项目所在地的国家发展基础设施条件。这些项目都凝聚了沿线各国渴望发展的最大共识，契合了沿线国家经济升级的最迫切意愿，为战胜疫情、世界经济最终走出阴霾提供了有效的方案，通过一系列项目的实施也展示了中国推动各国共同发展的最大诚意。

　　本着建一个项目、树一座丰碑的理念，我们把每个项目都做成了精品工程，多个项目获得中国境外工程鲁班奖、当地优质工程奖。在项目建设过程中，我们主动为当地人提供就业岗位和机会，让他们分享项目建设带来的技能和收入增长，很多当地员工因为我们的项目，成为当地最受尊重和家庭美满的典范。我们加大对项目所在国专业技术人才，运营管理人才团队的培养力度，疫情前安排他们到中国我们相关的产业基地进行实习，我们采取一对一手把手教的方法，帮助项目所在国培养了工业化急需的专家、技术人才。同时，我们主动捐资助学，筑路打井，对口帮扶 SOS 村的孩子，与塔吉克项目所在地的聋哑学校及敬老院进行长期共建。在疫情发生后，我们主动为缅甸、蒙古、孟加拉等国家提供抗疫物资等，受到了当地民众的欢迎。

　　记者："碳达峰、碳中和"是当前中国最受关注的话题之一，特变电工作为能源电力相关领域的龙头企业，在落实"双碳"目标方面做了哪些工作和规划？

　　张新：习近平总书记指出，绿水青山就是金山银山。"十四五"是碳达峰的关键期、窗口期，我国提出了构建以新能源为主体的新型电力系统的重大部署，明确了新型电力系统在实现"双碳"目标中的基础地位。特变电工在推动制造业高质量发展的同时，致力于打造全球卓越的绿色智能能源服务商，以实际行动践行"双碳"目标。公司已有 9 家工厂获得国家工信部"绿色工厂"认证荣誉，先后承担了一大批世界级的国家重大重点特高压工程核心装备研制任务，有效地利用特高压远距离输电技术将川渝、西北地区丰富的水、风、光资源转化为电能传输到内陆地区，每年为中东部地区输送新能源电量 1000 亿度，为东部地区降低二氧化碳排放 8510 万吨；累计建设及运营风光电站 5000 余座，总装机达 18 吉瓦（GW），拥有年产 10 万吨光伏原材料高纯多晶硅生产能力，可支持 33 吉瓦光伏电站建设，贡献了清洁电力每年达到 560 亿千瓦时，减排二氧化碳每年达到 2500 万吨，通过研发特高压柔性直流技术与智电微电网系统，为全社会提供清洁能源系统解决方案，致力打造零碳工业产业园，实现绿色电力走进千家万户。

记者：今年是十四五的开局之年，在构建新发展格局的过程中，特变电工将如何把握机遇、实现高质量发展？

张新：2014年习近平总书记就提出了"推动能源消费革命，能源供给革命，能源技术革命，能源体制革命""全方位加快国际合作"的"四个革命一个合作"的重大能源战略思想。2020年，习近平总书记向世界庄严宣布了"中国将力争于2030年前实现碳达峰，2060年前实现碳中和"的双碳发展目标。今年9月在陕西调研时，习近平总书记再次强调："能源产业要继续发展，否则不足以支撑国家现代化，煤炭能源发展要转化升级，走绿色低碳发展的道路。"

当前，特变电工正在围绕国家的"双碳目标"及能耗双控部署，通过加大科技投入，解决特高压直流套管等制约我国电网高水平自立自强关键领域、卡脖子的工程，集合精锐力量做好数字工厂建设，全面向智能制造转型升级，以节能减排为核心，推动多晶硅及铝电子新材料的工艺技术及装备装置创新，以提升单位能源下的工业增加值为核心，不断提升产品的质量和品质，以国家重大项目、重点工程、重大专项为依托，加强重大关键共性技术，前沿引领技术、现代工程技术、颠覆性技术创新为突破口，敢于走前人没走过的路，努力实现关键核心技术自主可控，把创新主动权、发展主动以牢牢掌握在自己手中。

当前，以信息技术、新能源技术为主要特征的科技革命和产业革命方兴未艾，我们能否跟上时代的发展，继续保持输变电高端装备制造、新能源、新材料等国家战略性新兴产业技术的领域性，直接关系我国的竞争力和综合国力。我们一定要继续发扬工匠精神，围绕国家重大战略需要，瞄准经济建设和事关国家安全的重大工程，加快自主创新成果转化应用，在前瞻性、战略性领域打好主动仗。

在"十四五"期间，特变电工将以高质量、内涵式、可持续发展为核心，推动公司管理变革，建立面向客户、创新驱动的公司治理体系；以"质量第一，效益优先"为导向，构建企业核心竞争力，重塑增长引擎；进一步做强以能源为基础的"一高两新"重要产业，全面推进制造业与制造服务业双轮驱动、国内市场与国际市场双轮驱动；顺应智能化、信息化、数字化发展趋势，积极开展工业互联网建设，推动人工智能及 5G 技术与产业深度融合，通过智能制造、智能物流、工业协同制造平台及解决方案等技术应用和推广，促进公司整体转型升级发展，奋力开创特变电工客户为先、质量为本、管理为基、创新为源的二次创业新格局。到 2025 年，力争实现主营业务收入达 1000 亿元，利润达 100 亿元，净资产收益率达 10%，员工人均劳动生产率和人均收入在 2020 年基础上翻一番；公司管理体系和研发体系达到新的较高水平，各产业关键核心技术全面实现自主可控，核心竞争力显著提升；国际市场占比显著提升，公司向全球化、世界级的企业集团迈进；始终把员工对美好生活的向往作为奋斗目标，坚持发展为了员工、发展依靠员工、发展成果与员工共享的人企共赢、和谐发展理念，努力建设物质文明和精神文明双丰收的幸福特变电工。

奋进新时代，迈上新征程。站在"第二个百年"新起点，特变电工将继续以习近平新时代中国特色社会主义思想为指引，传承红色基因，以国家富强、民族振兴为己任，把从百年党史中汲取的智慧和力量，转化成为推动企业高质量发展的动能，以自身高质量发展助力"双碳"战略目标顺利落实，助推经济社会发展全面绿色转型，为实现"两个一百年"宏伟目标、建设富强民主文明和谐美丽的社会主义现代化强国、实现中华民族伟大复兴而不懈奋斗！

固强国之基 铸大国重器

——专访中国一重集团有限公司董事长、党委书记 刘明忠

记者：中国一重集团有限公司（简称"中国一重"）不是生产大众消费品的企业，对非业内人士来说，中国一重并非是一个耳熟能详的名字。据我们了解，在新中国成立之初，国家投入4.58亿元建设"中国一重"，相当于当时全国人民每人掏了一元钱，请问这背后是怎样的产业梦想？

刘明忠：在新中国成立后，要改变整个国家一穷二白、积贫积弱的落后面貌，就要迅速发展生产力。1950年年初，在经过稳定物价、统一财经之后，经济状况得到极大改观，不仅在经济上促进了工农业产品的交换，激发了农民的生产积极性，而且在政治上密切了工农关系，巩固了新生政权，使我们党在执政初期赢得了战略主动，获得了人民群众的高度信任。

1950年2月19日，毛泽东主席在与斯大林会面结束后，与周恩来总理专程来到了苏联乌拉尔重机厂参观。看了这里的大型设备，毛泽东主席感慨道："有朝一日，中国人民也要建立自己的'乌拉尔重型机器厂'。"中国一重就是在这样的大背景下诞生的，担负起巩固新生政权、保障国民经济和国防安全的使命。在三易其址后，于 1954 年确定在富拉尔基建设，1956 年 6 月动工，1959 年年底基本完成。工厂总投资 4.58 亿元，相当于当时每个中国人拿出来一元钱建设而成。工厂以生产大型轧机、冶炼设备、锻压设备、大型发电设备和大型铸锻件为主要目标，设计年产量为 6 万吨，是当时中国生产能力最大的重机企业。可以说，中国一重是"制造工厂的工厂"，是我国工业的"母机"企业。

在近 70 年的发展历程中，中国一重始终秉承"发展壮大民族装备工业，维护国家国防安全、科技安全、产业安全和经济安全，代表国家参与全球竞争"的初心和使命，紧紧围绕钢铁、核电、火电、石化、船舶、汽车、矿山、航天航空、深潜、军工等国民经济和国防建设需要，深耕实体经济，致力于科技创新，做强装备产业，创造了数百项"第一"，开发研制新产品 421 项，填补国内工业产品技术空白 475 项，提供了 500 多万吨重大装备，不仅解决了我国重大技术装备"有无"问题，打破了关键核心技术"要不来、买不来、讨不来"的困境，而且实现了从"跟跑"到"并跑""领跑"的转变。目前，中国一重是由中央管理的涉及国家安全和国民经济命脉的国有重要骨干企业，已发展成为中国核岛装备的领导者、国际先进的核岛设备供应商和服务商、当今世界炼油用加氢反应器的国际领导者、冶金企业全流程设备设计开发和制造及服务供应商。

....

记者：创业难，守业难，再创业更难。为了维护国家产业安全，中国一重近年来开拓了哪些新项目？

刘明忠：第一个是提升核电产品制造能力。核电作为安全可靠、技术成熟的清洁能源，经过多年的技术发展，核电的安全可靠性进一步提高。核电制造能力还代表着国家能力，对外界有一定的战略威慑力。中国一重作为国家重要核电主设备供应商，肩负着国家核电大锻件国产化及"走出去"战略

重任。为满足三代核电和高温气冷堆等向大型化发展，以及浮动堆、低温供热堆、小堆等向一体化发展的制造能力要求，同时为推进四代核反应堆建设进程，中国一重在生产装备和生产环境条件上进行投资，提升了核电产品制造能力，先后完成全球首台"华龙一号"核反应堆压力容器和全部国家示范工程"CAP1400"反应堆压力容器制造，按节点完成四代核反应堆相关产品的制造任务。

第二个是风电全产业链装备制造。风电是一种可再生的清洁能源，风电场的生产过程是将风能转变为机械能，再将机械能转变为电能的过程。在整个流程中，不需要消耗其他常规能源，不产生大气、液体、固体废弃物等类型的污染物，也不会产生大的噪声污染。我们依托自身的装备制造能力，借助上海电气风电产品在风电技术领域的技术优势，形成风电全产业链装备制造能力，能够年产600套风电装备（含组装及关键部件制造）、400套3MW以上风机叶片。后期将以黑龙江地区为起点，辐射东北地区，大力发展风力发电等清洁能源开发，履行央企担当，助力地方经济发展。

第三个是大型铸锻件洁净钢平台建设项目。中国一重目前已拥有世界一流的大型铸锻件制造能力，产品几乎涉及国民经济支柱产业的所有领域，具备年产钢水50万吨、锻件24万吨、铸钢件6万吨的能力。为了能够高效率、低成本、绿色环保、稳定批量地生产出均质、洁净、高性能的大型铸锻件，赶超国际先进同行企业，中国一重围绕冶炼装备现代化升级改造，改进和提升大型铸锻件超纯净冶炼工艺技术，开展大型铸锻件洁净钢平台建设项目，实现了大型铸锻件冶炼装备现代化、操作自动化、工艺智能化、管理信息化。

....

记者：刘董出任中国一重"掌门人"时正值"十三五"规划启动之年，请问"十三五"期间中国一重取得了哪些主要成果？

刘明忠：党的十八大以来，习近平总书记两次视察中国一重并强调指出，"要打好改革牌、创新牌和市场牌"，"要肩负起历史重任，制订好发展路线图，加强党的领导、班子建设，改革创新、自主创新，提高管理水平，调动各类人才创新创业积极性，把我们的事业越办越好"。一重人不负嘱托，用汗水和智慧交上了一份合格答卷！

经营效益效率显著增长。在"十三五"期间，中国一重的利润总额、净利润、劳动生产率、营业收入年均分别增长127.75%、123.66%、5.26%、69.47%，利润增速在中央企业中名列前茅，营业收入在重机行业中由倒数1~2名，挺进行业前三，实现了历史性跨越。

科技创新迈出显著步伐。在"十三五"期间，中国一重取得百万千瓦核电锻件一体化、整锻转子、核岛一回路全部制造技术等24项重大科技成果，荣获省部级以上科学技术奖26项，其中特等奖1项、一等奖1项、二等奖2项，有力彰显了中国一重"硬核"担当。

深化改革取得显著成效。中国一重持续推进"三项制度"改革，压缩定员编制2355个，撤销管理机构187个，创新构建"两个合同"退出机制、"五个通道"晋升机制、"五个倾斜"激励机制，打破了岗位设置的"铁饭碗"，取消了薪酬分配的"大锅饭"。大力推进市场化改革，坚持自主经营、自负盈亏，贯通内外部市场。认真实施《深化改革三年行动方案》，"综合改革试点""双百行动""科改示范行动"任务落地。有效推进混合所有制改革，混改、股权多元化企业近50%。系统解决好历史遗留问题，12408名集体职工完成安置，9654名退休人员实现社会化移交，100万平方米物业顺利改造。通过改革破解了一些长期制约企业发展的体制机制障碍。

产业布局调整显著优化。核电反应堆压力容器、千吨级以上锻焊加氢反应器、高端冶金成套装备等核心产品市场占有率始终保持在60%以上，以装备制造及服务为核心业务的"三大板块、六大业务"成为建设具有全球竞争力世界一流产业集团的重要支撑。

职工生活得到显著改善。中国一重全面贯彻以人民为中心的发展思想，将职工收入增长指标写入发展规划，实施年金倍增计划，人均薪酬大幅增长。

每年组织健康体检和补充医疗保险、提供全员工作就餐附加补贴。持续恢力
文化环境，新建7万平方米的停车场，修缮完成文化宫、电影院、体育场、
乒乓球馆"四大活动场馆"，建设运营展览馆、惠民之家、青年之家"三大
文化基地"，职工看病难、用餐难、休闲难等问题逐步得到解决。

党建优势作用显著增强。中国一重始终坚持党的领导不动摇，构建
"23551"党建工作总体思路，完善制定党建制度58个，创新建设党建与生
产经营"双五"体系，探索实践"十条融合"路径，研究形成"五创工程""百万一
重杯"劳动竞赛等一大批融合载体。积极践行社会责任，定点扶贫县提前
一年实现脱贫摘帽，先后向湖北、黑龙江等地捐赠2000余万元现金及价值
490余万元防疫物资。公司荣获全国先进党组织、全国五一劳动奖状、全国"安
康杯"优胜集体等荣誉称号，中央企业党建工作考核连续3年A级。

......

记者：今年是"十四五"规划的启动之年，面向未来，中国一重
擘画了一幅怎样的发展蓝图？

刘明忠：在"十四五"期间，中国一重党委将始终紧密团结在以习近
平同志为核心的党中央周围，持续在学深悟透习近平总书记视察中国一重重
要指示精神上下功夫，不断提高政治判断力、政治领悟力、政治执行力，立
足新发展阶段、贯彻新发展理念、融入新发展格局、推动高质量发展，心怀
"国之大者"，强化使命担当，带领全体干部职工艰苦奋斗、攻坚克难，力
争"十四五"末实现每年净利润、利润总额增长20%以上，营业收入增长
10%以上，净资产收益率增长7%，全员劳动生产率年均增长5%以上，营
业收入利润率增长6%以上，职工收入每年增长7%，初步建成具有全球竞
争力的世界一流产业集团。

......

传承红色基因，
就是要担当国之重器责任

——专访中信重工机械股份有限公司党委书记、董事长　俞章法

记者：据我所知，中信重工机械股份有限公司（简称"中信重工"）的前身是"洛阳矿山机器厂"，就是人们常说的"洛矿"。作为国家"一五"时期重点建设项目，企业已有65年的历史，您在许多场合都强调中信重工独有的红色基因，能否具体介绍一下？

俞章法：中信重工不仅是新中国"长子企业"，更拥有独特的红色基因和优秀的文化传承。

1953年6月至1962年6月，焦裕禄同志在洛阳矿山机器厂工作生活了9年。在这9年的时间里，视工友为亲人的骨肉深情彰显了焦裕禄亲民爱民的公仆情怀，洛阳矿山机器厂建设初期的困难环境磨砺了焦裕禄艰苦奋斗的优良作风，现代工业管理的长期实践涵养了焦裕禄科学求实的优秀品质，实现国家工业化的伟大理想造就了焦裕禄迎难而上的英雄气概，红色大熔炉的政治洗礼淬炼了焦裕禄无私奉献的崇高精神，焦裕禄从一个革命者转型为一

个社会主义人工业建设者，从农村基层干部成长为新中国知识型的工业管理人才。正是在洛阳矿山机器厂的 9 年，孕育了宝贵的焦裕禄精神。2009 年 3 月 31 日，习近平同志在视察中信重工时指出："焦裕禄精神孕育形成在洛矿，弘扬光大在兰考。"

1965 年 12 月至 1967 年 1 月，时任国务院副总理兼国务院秘书长的习仲勋同志调任洛阳矿山机器厂副厂长。在洛阳矿山机器厂的一年，习老一直在车间生产一线，和干部职工朝夕相处，参加生产。他始终坚定信仰的意志、始终密切联系人民群众的情怀、始终坚决不搞特殊化的操守，激励着一代又一代的洛矿人、中信重工人不断前进。在 1986 年洛阳矿山机器厂建厂 30 周年之际，习老亲笔题词"同心同德、团结奋斗、坚持改革、开拓前进"，并写下《我在洛阳矿山机器厂的一年》回忆文章。

传承焦裕禄精神，弘扬习仲勋高尚品质，中信重工人将红色基因的接力棒代代相传，发扬光大，并形成了中信重工独有的由焦裕禄精神、习仲勋高尚品质、刘玉华姑娘组、万斤钉精神、杨奎烈精神、工匠精神构成的精神谱系。65 年来，中信重工栉风沐雨，始终与新中国工业发展"同频"，企业已发展成为国家级创新型企业和高新技术企业、中国重型装备骨干企业、全国领先的特种机器人研发及产业化基地，以及全球领先的矿业装备和水泥装备供应商、服务商，荣获中国工业大奖、中国质量奖提名奖等，被誉为"中国工业的脊梁""重大装备的摇篮"。可以说，正是我们拥有的独特红色基因，激励着中信重工人牢记实业报国、制造强国的初心使命，奋力打造具有全球竞争力的一流先进装备制造企业。

....

记者：在您看来，身处装备制造业之中，中信重工存在的最大价值是什么？

俞章法：是"国之重器"的使命担当。

中信重工在诞生之初，就肩负着实业报国、制造强国的初心和使命。

2009 年，习近平同志在视察中信重工时指出："这里代表了国家和世界先进制造业的水平，希望你们继续努力。"全体中信重工人一直将习近平总书记的指示牢记于心，始终按照习近平总书记的要求，把服务国民经济建设和为国家提供重大装备作为首要任务。

中信重工先后承担了多项国家及国防重大装备的研制任务，相继推出了一批堪称"国之重器"的重大技术、重大产品。积极参与了"长征"系列火箭、国产航母、神舟飞船、大飞机、核电等重大工程及"卡脖子"新材料、新工艺、新技术的研制和相关关键装备的国产化。

在"十四五"时期，中信重工将持续强化"国之重器"地位，加快实施和推进包括海上作业液压打桩锤、液压重载机械臂、高压压铸机模具、大直径施工深井钻机、大规格立式搅拌磨装备等在内的 21 项"卡脖子"重大技术项目攻关，扛起"大国重器"的使命担当。

....

记者：提到"洛矿"和"焦裕禄"，很多人都会先入为主地联想到矿业和提升机。实际上，作为装备制造行业的标杆企业，高质量发展的中信重工具有多样性的产业优势，能不能为我们介绍一下？

俞章法：矿业是中信重工的核心产业，经过 60 多年的发展，中信重工已成为全球领先的矿业装备供应商和服务商。当前，我们正加快矿业领域数字化示范工程建设，与华为全面合作，推进 5G 和鸿蒙系统在矿山装备中的应用，共同推进智能矿山示范工程。

目前，中信重工已形成了重大装备、机器人及智能装备、高技术三大领域，以及矿山及重型装备、机器人及智能装备、新能源装备、特种材料四大产业板块，各大产业发展态势强劲，成效亮点显著，为中信重工高质量发展提供了强力支撑。

....

记者：巩固和提升传统产业优势，实现传统产业的转型升级，或许是一个很艰难的过程，中信重工是怎样做的？

俞章法：两个方面，一是坚持激发内生动力，把改革当成发展源动力。二是坚持开门办企业，把合作共赢作为发展新路子。

在深化改革方面，不断增强改革的自觉性，始终保持发展的使命感、责任感、危机感。不断增强改革的参与性，持续激发改革活力。充分发挥各子公司的主动性、积极性，把各子公司打造成市场主体、经营主体、利润中心。通过深化改革，中信重工的运营效率、运营效益、运营质量持续提升，职工的获得感、幸福感、安全感得到有力保障。

在合作共赢方面，我们坚持"不求所有，但为所用"的合作共赢理念，在市场营销、研发创新、产业经营、资本合作等方面，通过深化战略合作、创新合作、股权合作、产业市场双落地等模式，推动重大装备、高端铸锻件、机器人、掘进装备、海上风电装备、储变电等技术装备取得新突破，以合作共创新可能，赢得了发展新机遇。

···

记者：创新是企业发展的第一动力，中信重工在技术创新上有哪些做法？

俞章法：中信重工极其重视创新，始终坚定不移贯彻创新驱动发展战略。目前已经形成具有中信重工特色的"45154"技术创新体系。"4"指依托国家企业技术中心、国家级工业设计中心、矿山重型装备国家重点实验室、国家矿山提升设备安全准入分析验证实验室等多个国家及省级创新平台，开展"基础理论创新、自主创新、协同创新、工匠创新"四维创新，形成"技术创客群、工人创客群、社会创客群、国际创客群"四群共舞的创新局面；"51"指构建以"五院一中心"——创新院、重装院、工程院、铸锻及材料院、机器人及智能装备院、信息技术管理中心（大数据中心）为主体的技术创新架构；"5"指打造院士专家、首席专家、技术领军人才、学术带头人、优秀技术人才"五层次"核心技术人才团队；"4"指围绕"矿山及重大装备、机器人及智能装备、特种材料、新能源装备"四大领域，坚持"两个一切""顶天立地"的研发定位，打造"硬科技"实力，助推中信重工实现高质量发展。

具体做法主要有以下三点。

一是在导向上特别重视。坚持创新是第一动力，把创新摆在突出位置，努力为国家解决更多的"卡脖子"技术难题，积极发挥作为国家战略科技力量的主力军作用。

二是在投入上特别支持。推动创新体系建设，从体系建设、平台支撑、项目选定、人才配备、激励机制、资金投入等方面加强技术创新工作，并对工匠创新予以大力支持。在"十三五"期间，中信重工研发投入强度保持同行业领先。

三是在氛围上加强营造。倡导人人处处皆有可为、凡事皆能创新，唯有创新才能推动企业不断发展。通过持续强化、不断营造，创新发展已成为全员共识，形成了浓厚的创新氛围，激发了企业创新发展的活力。

　　记者：目前，中信重工在国际市场，尤其是"一带一路"市场中的情况是怎样的？

　　俞章法：作为具有全球竞争力的矿业装备和水泥装备供应商及服务商，中信重工积极践行国家"一带一路"倡议，致力于高端技术和装备的输出，加速企业的国际化进程。

如今，中信重工已在"一带一路"沿线国家设立了8个海外公司或办事处、7个备件服务基地，市场版图覆盖欧洲、澳大利亚、南美洲、北美洲、非洲、俄罗斯及中亚、印度、东南亚等高端市场和新兴市场，产品覆盖"一带一路"沿线近50个国家和地区，并且实现了全球化研发、制造、营销、服务等全

流程的国际化布局。

记者： 我们了解到，中信重工正致力于"十四五"的开局精彩，未来中信重工有哪些新动向、新目标？

俞章法： 今年我们启动了"卡脖子"突破工程、生产力布局工程、产品竞争力提升工程、智能化提升工程、新产品产业化推广工程"五大工程"，为的就是夯实制造基本功，打造竞争新优势，彰显央企新作为。

围绕"践行国家战略、实现高质量发展"的使命和"打造具有全球竞争力的一流先进装备制造企业"的愿景，我们制定了《"十四五"规划》，总体可概括为"12445"。即1个定位：先进装备制造业；2个路径：内涵式增长、外延式发展；4大板块：矿山及重型装备、机器人及智能装备、新能源装备、特种材料；4个坚定不移：党建引领、板块化管理、"小总部、强总部"建设、五大工程；5方面标志性成果：价值体现、产业格局、智能制造、党建文化、质量效益。到"十四五"末，中信重工将实现经营规模、效益翻番，产业竞争力明显增强，职工幸福感明显提升。

面向"十四五"，我们将牢牢把握战略机遇，不忘实业报国初心，担当制造强国使命，积极主动融入新发展格局，坚定不移强化创新驱动，加大改革力度，加快转型升级，努力在构建新发展格局的主战场和全面推进社会主义现代化国家建设的新征程上发挥央企担当，实现更大作为，做出更大贡献！

奋进新时代 启航新征程

打造主业突出、技术领先、数字强企、健康发展的新北重

——专访内蒙古北方重工业集团有限公司党委书记、董事长 李军

记者：内蒙古北方重工业集团有限公司（简称"北重集团"）是我国发展国民经济第一个五年计划期间建设的 156 个重点工程项目之一。在 60 多年的发展中，北重集团为我国的国防事业和经济发展都做出了重大贡献，是我国重要的军工企业，请您介绍一下北重集团的发展简史。

李军：北重集团始建于 1954 年，是国家"一五"期间 156 个重点建设项目之一，隶属于中国兵器工业集团有限公司，是国家重要的火炮研发生产基地、国家高强韧炮钢研发生产基地、中国矿用汽车研发生产基地。

北重集团始终坚持服务国家国防安全和服务国家经济发展两大使命，形成了军品、特种钢、矿用车三大核心业务。北重集团研发、制造的大量武器装备列装陆、海、空部队，在多次国庆阅兵仪式上接受了党和国家领导人及全国人民的检阅。利用军用材料技术发展形成的以大口径厚壁无缝钢管为代

表的特种钢，达到了世界先进水平，已应用于国内百余台亚临界、超临界和超超临界火电机组的四大管道，是国家能源局确定的国产化示范产品。矿用车已销往全球 67 个国家和地区，遍布国内外 500 多个大型矿山和重点水利水电等工程，于 2016 年入选我国单项冠军示范企业，销量居全球前三。

记者：据我所知，北重集团从计划经济到市场开放，从国防装备生产到军转民的发展之路，都与我国的建设发展密切相关，北重集团的成长见证了中国军工事业的发展。回眸 60 多年的历程，每一个阶段都充满挑战，支撑北重人在各阶段战胜自我、取得不俗成绩的秘诀是什么？

李军：回望来时路，北重集团的发展凝结着几代人的心血，也正是在一代代奉献者的无私奋斗下，北重集团健康地发展到今天，靠的是一代代传承下来的兵工精神。从中国兵工事业的开拓者吴运铎，到全国道德模范戎鹏强，再到如今的全国优秀共产党员王士良，一代代兵工人不屈不挠，秉承自力更生、艰苦奋斗、开拓进取、无私奉献的铮铮誓言，赓续"把一切献给党"的人民兵工精神血脉，"红色基因"在北重集团生根、发芽、薪火相传。

回顾总结几十年的工作，浸透了全体干部员工的智慧和汗水，彰显了兵工人不屈不挠的拼搏精神。成绩来之不易，主要得益于公司坚定不移地贯彻落实党中央、兵器工业集团党组的决策部署，特别是通过深入学习贯彻习近平总书记的重要讲话和重要指示批示精神，进一步提高政治站位，统一了思想，找准了定位，形成了推动公司改革发展的强大合力。得益于公司树牢强军首责意识，坚持把军品生产作为公司的核心使命，主动对接武器装备建设和服务保障任务，积极争取军品订货任务，有效发挥了军品"压舱石"作用，推动经营效益持续提升。得益于公司拥有一支特别能吃苦、特别能拼搏、特别能奉献的员工队伍，为了公司早日实现改革脱困、步入高质量发展轨道而拼搏奋进。

记者：今年是"十四五"的开局之年，按照北重集团的"十四五"发展规划，公司聚焦军品、特种钢、矿用车三大核心业务，突出高质量发展主题，突出强军首要职责，突出创新第一动力，全面夯实高质量发展基础，跨越提升科技创新能力和价值创造能力，打造主业突出、技术领先、数字强企、健康发展的企业，努力成为集团公司建设世界一流企业和先进兵器工业体系的排头兵。请您谈一谈在构建新发展格局的过程中，北重集团将如何发力，实现高质量发展？

李军：北重集团已经做好全面的规划，目前正向着既定的目标努力前行。我们本着进一步提升公司在国防建设中的地位、作用，提升公司的价值创造能力，提升民品在行业和市场中的影响力，提升公司的可持续发展能力，提升全体干部职工生活幸福指数的目标，按照"十四五"谋"位"发展、谋"质"发展、谋"量"发展的总体要求，根据集团公司"十四五"发展的总体部署，确定了公司"十四五""一、二、四、六"的发展思路，即坚决做到"一个坚持"，强化"两个突出"，实现"四个新提升"，处理好"六个关系"。

做到"一个坚持"，就是坚持以习近平新时代中国特色社会主义思想定向领航，始终把学习贯彻习近平总书记讲话精神和指示批示精神作为最高战略，切实增强"四个意识"，坚定"四个自信"，做到"两个维护"。强化"两个突出"，就是突出强军这个首要职责，突出科技创新的核心作用。实现"四个新提升"，就是实现管理水平、市场能力和国际化经营、在深化改革上的新提升。处理好"六个关系"，就是处理好履行强军首责和推进民品高质量发展、全局和一域、规模和效益、发展为了谁和发展依靠谁、推动发展和防范风险、硬实力发展与软实力建设的关系。

力争通过"十四五"期间的拼搏奋斗，公司营业总收入达到120亿元以上。公司步入高质量发展轨道，综合实力跻身集团公司前列，打造主业突出、技术领先、数字强企、健康发展的新北重，努力成为集团公司建设世界一流企业和先进兵器工业体系的排头兵。

　　记者：您能否具体阐述一下"主业突出、技术领先、数字强企、健康发展"的具体内容？

　　李军：主业突出，就是三大核心业务在国家、集团公司的战略地位和影响力大幅提升，在国家提升产业链、供应链现代化水平中发挥更大作用。军品按照"立足陆军、服务全军"的使命定位，成为国内领先的火炮及装甲武器系统提供者。特种钢成为国内重要军用特种材料供应基地，全面打造高端厚壁无缝钢管引领者、特种材料制造创新的推动者和高端模具钢提供者。矿用车实现"高端化、智能化、绿色化、国际化"高质量发展，成为具有国际竞争力的兵器"小巨人"，打造成国际一流矿用车企业。

　　技术领先，就是坚持以科技创新为主驱动力，大力推进战略性新兴产业发展，实现关键核心技术自主可控，推动火炮武器装备信息化、无人化、智能化发展，解决关键核心技术"卡脖子"问题，弄通兵器技术基础理论和技术原理，突破新一代装甲突击装备坦克炮核心技术、高端材料技术、电动轮驱动系统、无人驾驶等关键技术，成为行业领域科技创新的领先者，为集团公司打造先进兵器工业体系提供有力支撑。

　　数字强企，就是充分利用大数据、人工智能等数字化手段，围绕火炮工业体系数字化转型、特种钢智能制造、矿用车智能化建设，全面导入数字理念、数字技术、数字工艺，实现设计、制造、测试、试验、运营等核心能力数字化，大幅提升体系策划、系统仿真、综合集成、试验验证、基础管理的数字化能力。

　　健康发展，就是企业的经营质量大幅提升、产品产业结构更加优化；决策科学、运行顺畅、流程规范的管控模式更加完善；实现生产经营和资本运营的双轮驱动，形成"产业支撑资本、资本壮大产业"的良性循环发展格局；价值创造的核心从生产制造转为科技创新、管理创新，可持续发展能力显著增强；绿色制造、低碳环保、质量安全、资本结构等重点指标全面迈向高质量、高标准、高水平，增强内生动力，竞争力、创新力、控制力、抗风险能力全面提升。

记者：听说北重集团的特种钢、矿用车两大民品在全国市场乃至国际市场都有一定的市场份额，能不能为我们介绍一下？

李军：2006年，在经过充分、反复调研论证并报上级部门审批后，北重集团决定建设3.6万吨黑色金属垂直挤压机项目（简称"360项目"）。2009年7月，360项目基本建设完成。2009年7月13日，设备一次性热调试成功，挤出合格钢管，并通过工艺完善，于2011年全部建成。

360项目一举打破了欧美发达国家的技术垄断、市场垄断和价格垄断，终结了我国火电厂大口径厚壁无缝钢管完全依赖进口的局面，每年为国家节省数十亿元资金。同时也为核电、石油、航空航天、军工等国家战略产业自主发展奠定了高端材料基础，对推动我国大口径厚壁无缝钢管制造技术的跨越式发展具有重要的意义，更为国家和民族装备制造业做出重大贡献。今年，特种钢中标超超临界火电项目13个，同比增长3.6倍，超过2020年全年总和。

为了推动民族制造"走出去"，北重集团的矿用车产品坚持科技创新，对标国际行业巨头，构建以"三智建设"为核心的技术创新能力，推动"高端化、智能化、国际化、绿色化"高质量发展，打造具有国际竞争力的兵器工业"小巨人"和"单项冠军"企业，全力服务"一带一路"建设。2011年，我们自主研发成功NTE260电动轮矿用车，填补了国内这一吨位的空白，矿用车进入"大吨位、全系列"阶段。2019年，北重集团研制出我国第一台具有完全自主知识产权的110吨NTE120AT无人驾驶电动轮矿用车，使我国成为继美国、日本后第三个掌握矿用车无人驾驶技术的国家。2020年，NTE360A等产品成功进入澳大利亚、欧洲等国际市场，国际化运营空间进一步拓展，矿用车产品覆盖全世界67个国家和地区，销量稳居国内第一、全球前三，擦亮了"中国制造"的新名片。2021年，矿用车中标华润水泥、国家电投、国能投等多个项目，实现俄罗斯市场零的突破，澳大利亚、塞尔维亚、刚果金等实现批量出口，在手订单的金额达到24.6亿元。

"一铝"扬帆　破浪前行

—— 专访东北轻合金有限责任公司党委书记、董事长　王学书

记者：请您介绍一下东北轻合金有限责任公司（简称"东轻"）的发展历程、发展现状及其在"十三五"期间取得的成就。

王学书：东轻是"一五"期间苏联援建我国的 156 项重点工程中的 2 项，在 1995 年被国务院发展研究中心认定为"中国最大的铝镁合金加工基地"，被誉为"祖国的银色支柱""中国铝镁加工业的摇篮"，创造了国防军工领域诸多"中国第一"。作为国家级高新技术企业，东轻拥有新中国第一个铝加工研究所、国家级企业技术中心、博士后科研工作站等国家和省市级工程中心和重点实验室，目前已取得航空认证、船级认证，建立 Nadcap 特种工艺金属材料测试实验室，取得船用板、国军标、CNAS 认证及武器装备科研生产许可。东轻的主要生产设备目前处于国内领先水平，主要产品有铝、镁及其合金板 / 带 / 箔 / 管 / 棒 / 型 / 线 / 锻件和深加工制品，广泛应用于航空航天、兵器舰船、空气化工、交通运输等国防军工和国民经济各领域，是国内唯一可以生产大飞机机翼上下壁板的企业，掌握了多项国际先进铝加工关键技术，其中部分产品达到国际同等产品实物水平。

"十三五"时期是东轻至关重要的五年。这五年来，东轻认真贯彻和践行"创新、协调、绿色、开放、共享"的新发展理念，不断深化供给侧结构性改革，释放了企业发展活力。从 2015 年结构调整转型升级改革破冰，到 2018 年全面管理提升改革试水，再到 2020 年薪酬改革、劳动用工改革、混合所有制改革等国企改革三年行动走向深水区，一系列现代企业制度和国有布局优化的改革举措释放了发展红利，也为企业发展提供了强大动力。

其间，结构调整、转型升级是东轻重要的战略支撑，聚焦主责主业和发展目标不偏离，完成了熔铸、轧制、挤压等主要生产线的新老更替，市场竞争力明显增强，产业链不断向价值链高端延伸。通过强化科技引领和坚持创新驱动，东轻构建了提升竞争优势、实现可持续发展的核心动力。通过加强党的领导和党的建设，打造过硬队伍，东轻凝聚了攻克一切艰难险阻、决胜高质量发展的磅礴力量。在"十三五"期间，东轻的商品产量从 8.0 万吨增长到 14.4 万吨，增长率为 80%；营业收入从 19.97 亿元增长到 36.67 亿元，增长率为 83.6%；利润总额从亏损 3.7 亿元到盈利 5330 万元，经营业绩实现了"五连增"。可以说，东轻利用这五年，不仅彻底走出了大改造项目投产带来的"阵痛期"，也通过自身的摸索和实践，探索出了一条依托党的领导和深化改革，实现老国有企业行稳致远的发展道路，为下一个五年甚至更远的未来积累了宝贵的发展经验。

··

记者：请问近年来铝加工市场的国内外形势如何？对东轻而言，存在哪些机遇及挑战？

王学书：受国际发展趋势及国内政策的引导推动，中国铝加工业进入了跨越式发展和持续转型阶段，国内各大铝加工厂生产规模不断扩大，铝加工产品产能及产量居世界首位，铝加工材出口量逐年增长。但是，随着产量规模的不断扩大，产品更加同质化，逐步向中高端产品延伸，普通、中低端产品价格一路下滑，大部分产品处于中低端水平，高端铝材供给能力不足，产

品存在结构性缺陷。产品应用领域尚未全面推广，产品结构调整缓慢，企业技术人才、管理人才、学科带头人缺失，产学研应用协同创新不够等诸多问题制约了企业的健康发展。针对后疫情时期各行业调整的机遇，中国铝加工业不仅要面临国内竞争，还要与国外大企业进行更激烈的竞争。

在"十四五"期间，铝加工市场"机遇与挑战并存"。虽然以中美贸易摩擦为代表的贸易保护主义及全球性新冠肺炎疫情蔓延深远影响着国际经济发展，但我国经济仍处于从高速增长向高质量发展转型的重要战略基本面始终未变，特别是"国防现代化建设""新基建"和"国内大循环为主体、国内国际双循环相互促进发展格局"的新变化与新要求等重大国家战略的实施，将显著扩大铝合金材料的需求，也为高性能铝合金由传统军用向更加广阔的民用领域推广提供了广阔空间。航空、航天、汽车、新能源、新基建等军工产品和高端铝材产品市场需求大幅增长，成为铝加工企业竞争的主要市场。《中国铝消费发展趋势及峰值预测研究》课题组预计，2025 年国内铝材需求量可达约 4850 万吨，我国铝加工企业可通过"重新洗牌窗口期"进行资产重组，加快铝加工核心技术"大补课"，弥补与国外先进水平的差距，加快转型升级成为铝加工行业发展的重中之重。

....

记者：面向市场的新变化、新需求，东轻采取了怎样的应对策略？

王学书：面对世界百年未有之大变局，东轻深入学习领会习近平总书记在中央财经委员会第七次会议上，关于构建以国内大循环为主体、国内国际双循环相互促进新发展格局的重要指示，充分研判市场变化趋势，结合自身技术、品牌优势，以价值创造和内涵式高质量发展为方向，深入贯彻落实"1+N"国企改革系列文件精神和国企改革三年行动要求，瞄准质量、效益、动力三大目标，革故鼎新、主动求变，不断提升企业的市场竞争能力和综合发展实力。

一是着力推进了产业转型升级。我们坚持聚焦主责主业和绿色低碳可持续发展，将国防军工和民用高端铝镁合金材料加工作为核心产业方向，同时着力推进产业结构向产品深加工和再生铝合金利用领域转型，构建了铝镁合金高端新材料研发制造及精深加工制造产业集群的发展布局，形成了从熔铸、加工、深加工到废料循环利用的完整产业链条。二是着力推进了产品结构调整。我们坚持核心产品高端化、主导产品专业化、民用产品规模化，重点围绕航空航天、热传输、交通运输三大行业，做优做强航空材料、热传输材料、汽车冲压材料、轨道交通及船舶材料等四大类产品。目前，东轻每年承担国防军工用铝总量 30% 以上，在真空复合材料等专项高端领域市场占有率达到 60% 以上。三是着力推进了创新驱动引领。东轻不断优化创新模式，强调基础技术、产品设计开发、工艺制造技术及应用性能评价的均衡发展，加强应用技术与应用性能研究，建立了为用户提供解决方案的能力；完善了科技平台建设，持续建设好国家级企业技术中心、省级工程中心，发挥中铝中央研究院的资源优势，打造产业化示范基地，由工程化应用向产业化应用转变。四是着力推进了信息化、数字化、智能化转型。公司充分认识了数字经济时代大势，建设了生产、能源、检验信息的数字化采集系统，以及财务数据的信息化核算系统，实现了物流与信息流的统一流转。目前，公司的主要生产线车间均被认定为黑龙江省智能示范车间。

记者：作为"中国铝镁合金加工业的摇篮"，东轻在科技创新方面有哪些好的启示和成果？这将为行业及国防军工等重点领域建设带来哪些影响？

王学书：东轻以"技术高端、品牌高端、产品高端、引领力高端、制造能力高端和客户体验高端"这六个高端为导向，以未来市场需求增长点为风向标，将价值创造作为评价标准，对标国际一流铝加工企业，培育自主创新能力。

在"十三五"期间，重点围绕关键技术的领域推广和满足重点产品的国产化需求进行创新，在产品研发和工艺改进方面，东轻完成了新型超高强铝合金预拉伸板材及型材、高纯高损伤容限铝合金、海洋工程及船用耐蚀铝合金、高性能稀土铝合金等一系列核心产品的开发，形成了批量、稳定的生产能力，这些都是当前行业内的高端前沿产品，其技术水平国内领先，部分产品还是东轻独家生产供货。另外，东轻与中铝中央研究院材料院、有研工研院等研究院所联合开展了数值模拟技术研究，为科研项目提供指导方向。在质量体系建设上，东轻建立并完善了产品生产过程控制体系，"大飞机机翼壁板用铝合金大规格预拉伸板"项目荣获第二届中铝集团产品质量奖，"航空铝材 7050 厚板质量过程控制技术与实践"项目荣获中国质量协会质量技术二等奖。在科技创新平台建设方面，东轻在已有的国家认证企业技术中心、黑龙江省铝镁合金材料重点实验室、黑龙江省轻合金材料工程技术研究中心、黑龙江省级领军人才梯队的基础上，完成了中铝集团中试基地、中铝中央研究院哈尔滨分院、院士工作站、博士后科研流动站建设。同时，凭借技术优势，东轻积极主导行业技术进步与发展，以东轻为主完成国际标准 1 项，主导完成国家标准 13 项，完成国家军用标准 10 项、行业标准 4 项、国家标准英文版 3 项。

以上成果提升了国内自主保障能力，增强了东轻的市场竞争力，逐步实现企业技术中心向行业技术研究院的转变，形成了面向国内有色金属全领域的技术创新人才及资源的培育平台和机制，提高了东轻在行业内的知名度和话语权。同时以第三代、第四代航空铝合金产品为代表的国家重点产品质量稳定性得到大幅提升，生产成本显著降低，实现了第五代航空高端铝合金材料产业化及新一代叠层铝合金板材工业化批量、稳定生产，形成了国家关键铝材自主保障能力和后续研发能力。

......

记者：东轻不仅"出铝材"，更加"出人才、出经验"，是业内人才培育的标杆。在人才培养和队伍建设方面，东轻有哪些优秀经验可以分享？

王学书： 在人才选拔方面，东轻以"985 工程""211 工程"院校毕业生为主，积极招收与企业核心专业对口的本硕博毕业生，同时通过与高等职业技术学院、职业技术学校联合，采取产教融合、定向培养的方式，有针对性地引进高素质的专业技能型操作人才，改善生产一线员工年龄、知识、技能结构。截至 2020 年年末，东轻经营管理人员中本科及以上学历占比达到82%，专业技术人员本科及以上学历人员占比达到 84.6%，拥有国家级科技人才 4 人、中铝集团及省市级科技领军人才和后备梯队 38 人以上。

以员工价值观培养、管理能力培养、专业（岗位）能力培养为培训重点，东轻突出"送出"及"定制"特点，分层分类确定四大培训计划，如行政和党务人员的党员先锋"引领计划"和创业精英"卓越计划"、年轻人才培养的青年人才"明星计划"和技术人才"拔尖计划"、技能骨干人才的"工匠计划"等，从业人员培训率达到 98% 以上。

在队伍建设方面，东轻始终坚持融入中心抓党建、抓好党建促发展的工作定位，形成了制度体系衔接配套、思想体系立根破岩、组织体系交叉对位、责任体系细化到岗、标准体系强基固本、监督体系标本兼治、群团体系凝心聚力、考核体系双向对效的"八大体系"，实现了决策机制有规范、运行机制有抓手、人才机制有通道、宣传机制有平台、暖心机制有共享、载体机制有活力、文化机制有导向的"七有机制"，将党建作为凝聚人心、领航共识、强化自觉的抓手，构建全级次学习环境，加强干部队伍、党员骨干队伍、精英人才队伍的穿透建设，抓关键少数、覆盖绝大多数，固本强基，提升组织活力，助推高质量发展。

今后，东轻还将不断优化组织机构设置规模及层级，通过建章立制、完善过程管理，从总体到部分、由上至下，逐步实现整体人员年龄、学历、经历等符合公司发展需要，同时形成梯度适当的各类青年人才的储备。在现有员工职业发展通道规划的基础上，持续修正完善与改进提升，重点推进各类人员的自我职业生涯设计与落实，发挥个体推动全局的最大合力。设定各类人才培养方案，由表及里、上下结合、轮职轮岗，共同建立人才培养纪实及

考评等标准化流程管理，特别是完善产学研用结合的协同育人模式。

记者：文化是企业的软实力。具有69年发展历程的东轻，在新时期新发展中，是怎样深度实现国有企业的精神传承，实现优秀的企业文化打造的？

王学书：企业的高质量发展离不开好文化的"铸力"。东轻是在毛泽东主席等老一辈党和国家领导人的亲切关怀下成长起来的新中国第一个铝镁合金加工企业。建厂近70年来，积淀了厚重的企业文化，激励了几代东轻人艰苦奋斗、无私奉献、励精图治、创新求强，"一铝"的旗帜始终飘扬在铝加工行业的上空，在社会上具有重要影响。

"十三五"期间，在集团党组的指导和部署下，东轻企业文化坚持在认同中践行、在培育中发展、在传承中创新、在弘扬中引领、在融合中统一，不断坚定文化自信，"镕化"中铝集团企业文化的"经和意"，创造出卓越的东轻文化，发挥企业文化的凝聚力、驱动力和引领力。

东轻文化打造的重点在于，深入剖析公司69年的发展历程，分析企业文化环境，提炼优秀文化因子，形成具有东轻特色和时代特点的企业文化。一是巩固文化基础，从外形上打造统一的文化形象，加强企业精神、核心价值观的宣贯，推进文化的辐射力和号召力；二是完善培训及思想宣教体系建设，开展文化引导，从价值观认同的角度凝聚人；三是不断铸牢东轻品牌新形象，开展系列品牌管理，讲述品牌故事，扩大影响力；四是融合企业文化与党的建设，持续提升履行社会责任新局面，提升企业精神文明层次；五是融合企业文化与群团工作新高度，东轻有着肥沃的群团工作土壤，传承了无数的群团文化优质基因，将中铝集团企业文化建设与东轻群团工作相融合，在传承中创新，在融合中统一，不断铸强东轻伟辞。

记者：今年是"十四五"开局之年，东轻发展的战略定位如何？请谈谈东轻将在哪些方面重点发力？

王学书：在"十四五"期间，东轻将继续坚持政治引领，全面落实习近平总书记"创新、协调、绿色、开放、共享"新发展理念，按照中铝集团"内涵式高质量发展战略"的整体部署，依托科技创新、数据化赋能和绿色低碳三个重要引擎，转化发展动能。通过向深化国企改革要活力、向精准内部管理要效益、向优化资源配置要效率，全面对标一流，继续推动产业链、价值链向高端聚集，在变局中开新局。到"十四五"末期，将东轻打造为国内铝加工产业排头兵、国家军工材料保障主力军及行业创新和绿色发展引领者。

东轻在"十四五"期间的重点在于深刻推动国企改革，打造现代化企业，围绕产业升级、打造高端产业价值链的核心开展工作。根据铝合金市场发展趋势和东轻产业发展优势，东轻将面向高精尖产品的生产，实施高端材料产业线配套升级，保障核心产品的研发、制造能力，提升国防军工用铝保障能力，占领中高端民用产品市场。围绕铝基材料迭代升级，东轻将成立铝合金增材制造、颗粒增强铝基复合材料、铝合金异种金属复合材料技术开发中心，大力开发铝合金材料新兴产业，进一步扩大铝合金材料应用领域。东轻还将在产业升级中大力发展绿色循环经济，推动再生铝的全链条循环利用，并成为社会再生铝的重点使用企业，履行好国有企业低碳发展的社会责任。同时，东轻将以信息化、数字化为基础，实现智能生产、智能能源管控、工业机器人替代、智能安全与环保、智能物流及智能供应链管理，打造智能工厂，实现企业自动化生产和现代化管控，以国际化视野占据高端制造高地，建设具有世界竞争力的行业一流铝加工企业。

此外，东轻还将通过产业线升级带动营销升级，建立专业化的营销模式和高效的营销体系，在保持和巩固公司在国防军工铝材市场的核心地位的同时，推动民品优势产品专业化、规模化、高端化，培育新的利润增长点，有序退出低附加值软合金等低端产品市场。